めおと

諸田玲子

角川文庫
15480

目次

江戸《えど》褄《づま》の女

一

おや――。

入って来た娘を見て、幸江《ゆきえ》は目をみはった。

娘は江戸褄《えどづま》模様の小袖《こそで》を着ている。鮮やかな鴇色《ときいろ》が白い頬にほんのり赤みを添え、初々しさを引き立てていた。

けれど幸江が目を奪われたのは、娘の愛らしさではない。

前身頃から衽《おくみ》にかけて斜めに描かれた裾《すそ》模様が、柳に燕《つばめ》、雪と松、でなければ曙桜《あけぼのざくら》といったありふれた絵柄とは異なっていた。池か川か、水辺の葦原《あしはら》が墨絵のように沈んだ色合いで描かれている。ちょうど膝下《ひざした》のあたりに小舟が一艘《そう》、ぽつんと置かれていた。主のいない小舟の舳《へさき》から極彩色の打掛《うちかけ》がこぼれ、風にはためく打掛から、花吹雪のように鳥が舞い立っている。見ようによっては、真紅の鳥の群れは、噴き上がる血飛沫《ちしぶき》のようにも見えた。

娘は作法通り膝をついて襖《ふすま》を開け閉《た》てすると、そのまま下座に膝をそろえる。

裾模様が隠れ、幸江は娘の恥じらいのこもった笑顔と向き合うことになった。が、立ち姿をひと目見た瞬間のぞくりとした感覚だけは、容易には消えない。

娘は畳に両手をつき、小声で名を名乗った。

「佐野さまからのお文、たしかに拝見いたしました」

幸江はやさしく応じながら、あらためて娘を観察した。

「久美《くみ》さまは、旦那《だんな》さまとは似ておられませぬね」

「さようにございますか」

久美は顔を上げ、当惑したように幸江を見返した。目鼻だちは幼いが、なにげない仕種《しぐさ》におとなびた色気がある。

「久美さまはきっと母上さまに似ておられるのでしょう。旦那さまも、どちらかといえばお舅《しゅうと》さまよりお姑《しゅうとめ》さまに似ておられます」

数日前、舅の従兄弟《いとこ》で、藩作事方《さくじかた》をつとめる佐野与五郎という男から、倉田家へ文が届いた。文には、幸江の夫・倉田勇之助《ゆうのすけ》に腹ちがいの妹がいると書かれていた。妹は久美という名で、近く江戸へ行くことになったからしばらく面倒をみてやってくれと、佐野は書いていた。

郷里に腹ちがいの妹がいたとは、幸江も勇之助も初耳だった。

勇之助の父の倉田市左衛門《いちざえもん》は、半月ほど前に他界している。駿河小島《するがおじま》藩の藩士で、生前は江戸留守居《るすい》役をつとめていた。

小島藩主・松平丹波守《たんばのかみ》は一万石の小大名である。一万石以上を大名と呼ぶ習わしからいうと、かろうじて大名にひっかかっていることになる。大名は二百人以上の家臣団を擁することになっているが、扶持《ふち》が払えない小島藩には百数十人の家臣しかいない。

江戸留守居役である倉田家もわずか百二十石の小身だ。市左衛門は五年前、妻女に先立たれていながら側妻《そばめ》を置かず、後妻も迎えようとしなかった。手元が不如意だったせいである。

とはいえ、若い頃、江戸と郷里を頻繁に行き来していた市左衛門が、若さにまかせて、郷里の女に手をつけたことがあったとしても不思議はない。

「わたくしは母から、父上さまに似ているといわれて育ちました」

蚊の鳴くような声でいうと、久美は幸江を見返した。疑われているとでも思ったのか、声は小さいが、双眸《そうぼう》に挑戦的な色がある。

「いわれてみればそう……。そうかもしれませんね」

幸江は機嫌をとるようにいいなおした。

「それにしましても、お気の毒にございました。もう少し早ければ、久美さまもお舅さまとお逢《あ》いになれましたのに……。お舅さまもさぞやお喜びになられたはずにございます」

市左衛門の死因は心の臓の病だった。ここのところ、なにやらお役目上のごたごたがあったらしい。執務中に突然、倒れ、そのまま逝った。

心労が祟《たた》ったのではないかと医者はいったが、いずれにせよ予想外のことで、知らせを受けて役宅から駆けつけた勇之助でさえ、父の死に目に逢えなかった。

久美は袖口を目頭にあてた。

「わたくしも、いつの日か父上にお目もじを、と思うておりましたのですが……母の看病があり、郷里を離れるわけにもゆかず……」

「さようでしたわね。ご両親をつづけて亡くされ、久美さまもさぞやお心細いことでしょう」

久美の母は、国元の実家でひっそり娘を育てていたという。もともと体が弱く、ここ数年は寝たきりだった。その母は、市左衛門が急死する二月ほど前に亡くなったと、これも幸江は佐野の文で知った。

「なれどももう案ずることはありませぬ。ほどなく旦那さまもお戻りになられます。

久美さまのお身の振り方は、旦那さまがきっとよきにはかろうてくださいましょう。それまではここをわが家と思うて、心おだやかにお過ごしなされませ」

にこやかにいったものの、幸江は内心、困惑していた。

舅の急死以来、勇之助は後始末に追われ、諸事多忙である。家督はただちに許され、とりあえず市左衛門の代理をつとめているが、正式に留守居役に任命されたわけではない。すべては来月末の藩主の江戸参勤《さんきん》を待って決まる。このあわただしい時期に、突然、妹が出現したのだ。夫にとって久美は招かれざる客である。幸江にしても、居候《いそうろう》は頭が痛かった。切り詰められるだけ切り詰め、なんとか家計を賄っている。一人増えれば、出費がかさむ。

むろん、そんなことは、おくびにも出せなかった。

「ご迷惑をおかけいたします」

久美は鼻をすすり、今一度、畳に両手をついた。

「迷惑などと……とんでもない。久美さまは旦那さまの大切なお妹御。お気遣いは無用です。さ、しばらく横になって、長旅の疲れを癒《いや》しなされ」

「では、お言葉に甘えまして……」

久美は会釈をした。田舎から出て来たばかりとは思えぬ、匂いたつような所作だった。

久美が立ち上がると、小袖の裾模様が、再び幸江の目に飛び込んできた。

幸江は思わず久美を呼び止める。

「あの……お着物の模様ですが……ずいぶん珍しいものにございますね」

久美は振り向いた。眸《め》が猫の目のように光った。

「三河の絵師の手によるものにございます。母の形見ですのよ」

久美が出て行くと、幸江はため息をついた。

なにやら胸騒ぎがしている。

あらためて考えると、久美の出現に困惑したのは、夫が多忙だからでも、家計が苦しいからでもないような気がした。

勇之助は二十四、幸江は二十。二人は夫婦になって三年目に入ったばかりの、若夫婦である。小島藩の上屋敷《かみやしき》は小石川春日町《かすがまち》にあり、倉田家は藩邸内に役宅を与えられていた。役宅は狭い。

急逝した舅の部屋があるので久美の居場所にはとりあえず困らないが、狭い家の中で、これからしばらく、若い三人が顔を突き合わせて暮らすことになる。夫との仲に水をさされるようで煩わしい。しかも居候は十八の美貌《びぼう》の娘だ。

久美さまは旦那さまのお妹君――。

わかっているのに、胸の中がざわめいていった。

小袖に描かれた絵はどこにでもある寂れた風景だ。それなのに見る者をぞくっとさせる。あの絵柄が不吉な胸騒ぎを呼び起こすのか。

なにごともなければよいけれど――。

幸江は鳩尾《みぞおち》に手をやった。

二

不安は、まもなく現実のものとなった。

勇之助ははじめ、淡々と久美を受け入れた。今さら妹だといわれても親しみを感じないのか、どことなくそっけなかった。

ところが、十日も経たないうちに、勇之助の態度に微妙な変化が現れた。久美を見る目に、新たな関心がこもるようになったのである。

三人で雑談に興じているときなど、勇之助は久美の顔ばかり見つめている。

おや、なにを見ておられるのか、と思って夫の視線をたどると、久美の後ろ姿を眺めていることもあった。

「久美は……今日はなにをしておったのだ」

毎日のように訊《たず》ねる。

ある日、

「お舅さまの墓参りに行くと申され、お出かけになられました」

幸江がいうと、勇之助は眉《まゆ》をひそめた。

「一人で出したのか」

「行き方を教えてもらえば大丈夫だと申されましたので……」

菩提寺《ぼだいじ》は目と鼻の先である。間ちがえようがないと思ってしたことだが、勇之助は声を荒らげた。

「道に迷うたらなんとするのだ。一人で出してはならぬ。ついて行ってやれ」

おやまあ、ずいぶん大事になされますこと。わたくしは、では、久美さまのお守り役にございますのね――。

幸江は機嫌を損ねたが、口に出してはいわなかった。

なにか話をしたか。なにが望みというておる。実際、勇之助は久美から目が離せないらしい。一方の久美も、はじめの数日のしおらしい態度はどこへやら、幸江の前もはばからず、あからさまに勇之助に甘えるようになっていた。

久美は勇之助の顔を見ると、うれしそうにすり寄って行く。そんなとき、久美の眸は猫の目のように輝き、しなやかな体から妖艶《ようえん》な色香が立ちのぼる。勇之助に話しかける声は幸江に話す声とはちがって、甘く優しかった。

二人が親しげに話している姿を目にすると、幸江はなぜか声をかけることができず、そそくさと逃げ出してしまう。いつだったか、久美が勇之助の膝《ひざ》に手をかけているのを見て棒立ちになったこともあった。

「あら。お義姉《ねえ》さま」

気配に気づいて顔を上げた久美は、挑発するような笑みを投げかけた。

勇之助が間が悪そうに顔を背けるのを見て、幸江はあわてて踵《きびす》を返した。


「なにか、ございましたのですか」

三月に入ったばかりのある夜のことである。

書見部屋へ茶を運んで行くと、勇之助は眉間《みけん》にしわを寄せ、なにやら考え込んでいた。

妻の声にはっと顔を上げる。端正な横顔がほんのり赤らみ、視線が当惑したように宙をさまよう様を、幸江は呆然《ぼうぜん》と見つめた。幸江の目にそれは、道ならぬ恋に落ちた男が、後ろめたさと欲望との狭間《はざま》でゆらめく姿にも見える。

しばしためらったのち、勇之助は応《こた》えた。

「少々気にかかることがあるのだ」

「気にかかること……」

「うむ……」

「どうか、お教えくださいまし」

「実は、父上の書状のことだ」

市左衛門が死んだ後、文箱《ふばこ》の中から藩主宛《あて》の書状が見つかった。そのことは幸江も聞いている。勇之助は、藩主の上京を待って、直々《じきじき》に御前に提出するつもりだといっていた。

「書状がなにか……」

「いや……よい。なんでもない」

そら、ごらんなさいと、幸江は胸の内でつぶやいた。妻に心の底をのぞかれそうになったので、咄嗟《とっさ》に書状の件を持ち出してごまかそうとした。勇之助の態度は、まさにそんなふうに見えた。

それなら、ほんとうはなにを考えていたのか。

むろん、久美のことだ。

ばかな……。腹ちがいとはいえ、二人は兄妹――。

兄が妹に懸想《けそう》するはずがない。そうは思っても、一旦《いったん》芽生えた疑いは容易には消えなかった。


「久美さまのことですが……」

幸江が思い余って夫に訊ねたのは、倉田家に久美が来て、二十日ほど経った頃である。

「いつまでもこのままというわけには参りませぬ。久美さまは十八、どこぞへ嫁がせるなり、奥勤めの口を探すなり、そろそろお考えになられたほうがよろしいのではございませぬか」

勇之助は唇をゆがめた。苦笑しているようにも、困惑しているようにも見えた。

「そのうち、自《おの》ずと定まろう」

「自ずと……」

「久美のことは、放っておけ」

夫は久美の虜《とりこ》になっている。だから、少しでも長く手元に引き留めて置きたいのだ。幸江はそう思った。

「差し出たことを申しました」

謝ったものの、腹の中は煮えくりかえっていた。

兄妹で惚《ほ》れ合ってどうなるというのか。使用人の目もある。近所の目もある。万が一、噂にでもなろうものなら、とんだ恥さらしだ。

あの女さえ来なければ――。

幸江の憎悪は、夫ではなく、一直線に久美に向けられた。

久美の部屋には、鴇色《ときいろ》の小袖《こそで》が、これみよがしに衣桁《いこう》に掛かっている。それを目にするたびに、幸江は禍々《まがまが》しい小袖を引き裂いてしまいたい衝動にかられた。

三

藩主の参勤《さんきん》は半月後に迫っていた。

その日、幸江は夫の遣いで、牛込《うしごめ》に住む旗本・矢部主膳《しゅぜん》の屋敷へ出かけた。

主膳と勇之助は、菊坂町《きくざかまち》の道場へ共に通った仲である。道場通いを止めた後も交友はつづき、妻帯してからは、家族ぐるみの付き合いをしている。

主膳はまだ家督相続をしていない。目下のところ、小普請組《こぶしんぐみ》に名を連ねている。だがやがては父親の跡を継ぎ、大番組頭《おおばんぐみがしら》となる定めだ。

あたりはすっかり春めいていた。水戸藩邸の広壮な塀を左手に見ながら、幸江は南へ下る。掘割へ出るとそこからは牛込で、直参《じきさん》の屋敷が軒を連ねていた。

幸江の後ろには、荷を背負った中間《ちゅうげん》がつき従っている。荷の中身は駿河《するが》半紙だ。小島藩は三椏《みつまた》の栽培が盛んで、紙は藩の特産物である。

「主膳どのに届けてくれ」

勇之助に頼まれたとき、幸江は異なことを申されると首をかしげた。紙は江戸市中にも出まわっている。わざわざ届けるような珍しいものではない。

それに……勇之助はしばらく前から、主膳に逢《あ》いに行きたいといっていた。紙は腐るものではない。逢いに行くついでに持参すればいい。

それでもなお、急いで届けるというなら、中間に届けさせればこと足りる。

「わたくしが……行くのでございますか」

幸江が訊《き》き返すと、勇之助はうなずいた。

「多津《たづ》どのと、たまには世間話でもして来るがよい」

多津は主膳の妻女である。

勇之助の勧めは、久美の出現でこのところ苛立《いらだ》っている妻に気分転換をさせてやろうという気配りとも取れたが……取りようによっては、体よく妻を遠ざけようとしているようにも取れる。

なにゆえ、わざわざわたくしを――。

幸江が不在の間に、勇之助は久美と二人きりの時間を持とうというのではないか。一旦疑いが生じると、疑惑は際限なくふくれ上がった。

矢部家の玄関で、応対に出た多津に、幸江は勇之助から預かった文を手渡した。中間をうながし、半紙の束を式台に積み上げる。

「せっかくおいでくださったのです。ぜひともお上がりくださいませ」

引き留める多津の言葉を振りきって、幸江は帰路についた。

このところ寝つきが悪いせいか、体がだるい。さすがにとんぼ返りはこたえる。辻駕籠《つじかご》を拾い、駕籠かきを急かし《せ》ての帰路となった。

なにをあわてているのか。

自分でも馬鹿げていると思う。が、目を閉じれば、勇之助と久美が抱擁している姿がまぶたに浮かぶ。妄想の中の久美は、あの鴇色の小袖をまとっていた。猫いた。

のように光る眸《め》で勇之助を見上げ、誘うように、紅《あか》い唇を半開きにしている。裾《すそ》が乱れ、久美の白いふくらはぎが、水辺の葦原《あしはら》を這《は》いまわる白蛇のように蠢《うごめ》いていた。

追い払おうとしても消えない妄想に、幸江の胸は、いつしか焼け石を投げ込まれたように煮えたぎっている。

小島藩上屋敷《かみやしき》の前で駕籠を降りると、幸江は門番への挨拶《あいさつ》もそこそこに役宅へ急いだ。

役宅では、下男の作蔵《さくぞう》が竹箒《たけぼうき》で前庭を掃いていた。

「旦那《だんな》さまは……」

幸江が訊《たず》ねると、

「とうにお戻りにございます」

作蔵は応えた。

聞いたとたん、幸江の動悸《どうき》が速まった。

玄関ではなく、庭づたいに裏手へまわったのは逆上していたためである。けげんな顔で眺めている下男の視線も気にはならなかった。

奥の間が見えるところまで来て、木立の陰から様子をうかがう。

気でもふれたのか。

ちらりと自己嫌悪に囚《とら》えられたが、それでもやめられなかった。

二人は、書見部屋にいた。勇之助は庭に背を向けて立っている。久美はこちらを向いて座っていた。例の小袖ではなく、幸江が誂《あつら》えた藍色《あいいろ》の小袖を着ている。

久美はなにかしゃべっていた。話の内容までは聞き取れないが、その表情は哀願しているように見えた。

息を呑《の》んで見ていると、久美は突然、勇之助のそばににじり寄った。裾が乱れ、ふくらはぎがのぞく。久美は両手を伸ばして、勇之助の足にしがみついた。

幸江は顔を背けた。心の臓が今にも飛び出しそうだ。それ以上見ているのは耐えられなかった。逃げるようにその場を離れる。

玄関に駆け込むや、幸江は式台に座り込み、荒い息をついた。

「おや、奥方さま。どうかなされたのですか」

女中のおきぬが飛び出して来た。

「なんでもありませぬ」

「でもお顔が真っ青にございますよ。しばらく横になられたほうが……」

おきぬに抱えられ、幸江は奥へ向かう。

廊下の途中で、勇之助と出会った。

「戻ったのか。早かったの。多津どのはご不在だったか」

勇之助は幸江に笑顔を向けた。たった今まで久美に抱きつかれていた男とは思えない、爽《さわ》やかな笑顔である。

「奥方さまは、ご気分がお悪いそうにございます」

幸江の代わりにおきぬが応えた。

勇之助は幸江のそばへやって来て、腕に手をかけた。

「どうした。目眩《めまい》でもするのか」

幸江は夫の手から腕を振りほどく。

「久美さまは……」

訊ねた声はかすれていた。

「さあ、さっきは書見部屋におったが……」

勇之助の声にも表情にも動揺はない。

兄妹なら疑われる心配はないと、高をくっているのだろう。

怒りがこみ上げた。幸江はかろうじて平静をとりつくろい、

「頭痛がいたしますゆえ、やすませていただきます」

突き放すようにいって、くるりと背を向けた。

幸江の苛立ちは頂点に達していた。

夫と久美への疑惑は、単に二人の態度がおかしいというだけではなかった。久美があらわれてから、夫に一度も抱かれていない。

その夜、幸江は胸を昂《たかぶ》らせ、夫の様子をうかがっていた。

勇之助がまだ眠っていないのは、気配でわかった。闇の物音に耳を澄ますように、じっと息を詰めている。

「旦那さま……」

幸江は声をかけた。

「おそばに行ってもよろしゅうございますか」

夫のかたわらへ身を寄せる。

久美が来てから、なんとなく遠慮があった。が、今はもう消えていた。あんな女に遠慮は無用、こちらは夫婦なのだ。むしろ、睦言《むつごと》を聞かせてやりたいと、幸江は思った。

だが、勇之助は妻を抱き寄せようとはしなかった。

「あの……旦那さま……」

「しっ。静かに」

「え？」

「すまぬが、先に寝てくれ。考えねばならぬことがある」

幸江は、夫に突き放されたような気がした。

身を引き離し、ぼんやり天井に淀《よど》んだ闇を眺める。

考えなければならぬこととはなんなのか。

まさか……わたくしを棄てて久美さまと——。

暖かな春の夜更けだというのに、体が冷え冷えとしていた。

幸江は寝返りをうつふりをして夫に背を向けると、嗚咽《おえつ》がもれぬよう唇を噛《か》みしめた。

四

夢か現《うつつ》か。足音を聞いたような気がして、幸江は目を覚ました。

眠れない眠れないと思っていても、いつのまにかまどろんでいたのだろう。このところ夫と久美のことで悶々《もんもん》としていたため、疲労困憊《こんぱい》していたらしい。

ぼんやりあたりを見まわす。はっと気づき、隣の寝床を見た。

勇之助はいなかった。手を伸ばして夜具にふれると、ほのかなぬくもりが残っていた。少し前まで寝ていたらしい。

では……あれは夫の足音。そういえば衣擦《きぬず》れの音も聞こえたような気がする。どこへ行ったか、あらためて考えるまでもなかった。夫は久美の部屋にいる。もつれ合う二人の裸身が見えたような気がした。

幸江は勢いよく身を起こした。手足が小刻みにふるえていた。花冷えのせいではない。体の芯《しん》から湧き上がってくる怒りのせいだ。

枕辺《まくらべ》に置かれた乱れ箱を引き寄せ、襦袢《じゅばん》の下を探って、懐剣を取り出した。鞘《さや》を払い、帷子《かたびら》の袖《そで》の中に隠して握りしめる。このときの幸江の顔を見た者は、幽鬼のような表情に息を呑んだにちがいない。

なにかがおかしい……。

ちらりと思ったが、理性はすでに吹き飛んでいた。

幸江は憑《つ》かれたように寝床を抜け出した。

足音を忍ばせ、久美の部屋へ向かう。

久美の部屋は奥まった六畳間で、表側が廊下、裏側が庭、左右は仏間と茶の間に接している。といっても狭い家のこと、仏間と書見部屋を隔てた向こうがもう勇之助夫婦の寝所で、たいした距離はない。

部屋の襖《ふすま》はぴたりと閉ざされていた。

廊下にたたずみ、幸江は深呼吸をした。胸がざわめき、頬が火照《ほて》って、呼吸が荒海さながら波立っていた。

今、この襖の向こうで、夫と久美が抱き合っている。淫《みだ》らに絡み合う姿が、鮮やかに目に浮かび、幸江は懐剣を握りなおした。

部屋へ踏み込んだあと、どうするか、考える余裕はなかった。剣がやけに重く、まるで生き物のように、じっとり汗ばんだ手のひらに吸いついている。

なんであれ、こんな思いはもうたくさんだった。ひと思いに決着をつけてしまいたい。不実な夫、妹の仮面をかぶった泥棒猫、でなければ嫉妬《しっと》に憑かれた醜い自分——斬り裂くものはなんでもよかった。

深々と息を吸い込み、幸江は一気に襖を開けた。

衣桁《いこう》に掛けた鴇色《ときいろ》の小袖が、真っ先に目の中に飛び込んできた。

寝床にはだれもいない。寝た形跡もない。行灯《あんどん》の灯が消えているのに、部屋の中はうっすらと明るい。「おや」と思って目を上げた。庭に面した襖が細く開き、そこから月明かりがもれていた。

幸江はどきりとした。嫉妬や怒りとは別の胸騒ぎがして、全身がわなないた。夜具を踏み散らして部屋をよぎり、そっと襖を開く。

そこで、幸江は凍りついた。

淡い月光に照らされた庭に黒と白、ふたつの人影があった。

白い影は帷子姿の勇之助。黒い影は――久美。

黒い半小袖に黒い裁着袴《たつつけばかま》、黒い革足袋《たび》……全身黒ずくめの上に、豊かな髪をきりりと頭頂でひとつに結んでいる。妖《あや》しく光る双眸《そうぼう》がなかったら闇に溶け込んでしまいそうだ。

幸江が息を呑《の》んだのは、だが、久美の恰好《かっこう》ではなかった。二人の間にただよう殺気である。

勇之助は脇差《わきざし》を上段に構え、久美に斬りかかろうとしていた。対する久美は右手に小太刀を握りしめ、胸元で構えている。左手で右肩を押さえているのは肩を斬られたのか、手指の間から血が滴っていた。

二人は、幸江には気づかなかった。いや、気づいていたかもしれないが、注意を払わなかった。緊迫した状況の中で、互いの存在以外はいっさい見えていないらしい。

しばらくにらみ合いがつづいたあと、勇之助は摺《す》り足で間合いをちぢめた。と、

鋭い気合とともに大上段から打ち込む。勇之助は道場通いをしていた頃、一、二

を競う使い手だった。一撃は正確かつ敏捷《びんしょう》である。

だが、久美も負けてはいなかった。一瞬早く身を避《よ》けると、息もつかせぬ速さ

で小太刀を繰り出す。並の女に出来る技ではない。明らかに修練を積んだ者の刀

さばきだ。

片方が攻めれば、片方がかわす。激しいつばぜり合いがつづいた。その間、二

人はひと言も言葉を交わさず、ひたと相手の目を見据えていた。

これは……いったい――。

なにがなんだかわからぬまま、幸江も息をひそめて死闘を見守る。

と、そのときだ。光る物が幸江の視界をよぎった。

「あぶないッ」

幸江の悲鳴に、勇之助が身を避ける。

塀の上から飛んできた短剣が、勇之助の足元の地面に突き刺さった。

一瞬の隙をついて、久美が身を翻す。

「あッ」

幸江は無我夢中で、久美の背に懐剣を投げつけていた。

幸江は武芸の心得がない。懐剣は久美のはるか手前に墜落した。だが久美は敏感に反応した。闇に消える寸前、さっと振り向き、幸江の眸《め》を見つめた。火花のように眼光がはじけ、悲哀とも嘲笑《ちょうしょう》ともつかぬ色がゆらぐ。次の瞬間、久美の姿は消え失《う》せていた。

久美の消えた闇を、幸江は呆然《ぼうぜん》と見つめる。

驚愕《きょうがく》が消え去ると、突如、恐怖がこみ上げ、へなへなとその場にくずおれた。

勇之助は帷子の袖で刀身を拭《ぬぐ》い、鞘におさめた。身をかがめて足元の短剣を抜き取る。ためつすがめつした上で、幸江の投げた懐剣と共に部屋の中へ投げ入れる。

「そなたのお陰で命拾いをした」

縁に上がり、幸江の肩を抱いて部屋の中へ引き入れると、勇之助は襖を閉じた。

「もはや案ずることはない」

妻の体をやさしく抱き寄せながらいう。

幸江は放心していた。

夢を見ているのか。頭の中が混乱している。

勇之助は幸江を寝所へ連れ戻ると、あらためて妻の体を抱きしめた。

「許せ。辛《つら》い思いをさせた」

「いったいどういう……」

「はじめから、こんなことだろうと思うておったのだ」

「あの……久美さまは……」

幸江はようやく声を絞り出した。

「あれは妹ではない。拙者には妹などおらぬ」

幸江は目をみはった。

「まあ、なんのためにさような偽りを……」

「おそらく、粕谷《かすや》どのが送り込んだのだろう」

粕谷井左衛門は、小島藩江戸屋敷の勘定頭《かんじようがしら》をつとめている。留守居《るすい》役の片腕となって、江戸屋敷の支出を預かり、将軍家や幕閣のだれそれ、あるいは高家などへの付け届けを采配《さいはい》していた。

「粕谷さまが……なにゆえに……」

「父上の書状だ」

市左衛門の書状には、粕谷の不正についての詳細が書かれていた。ほどなく藩主が上京する。その前に書状を探し出し、奪い取るため、久美を送り込んだのだと、勇之助は説明した。

「なれば久美さまは……」

「粕谷の手先。おそらく金で雇った忍びだろう」

幸江は息を呑む。

「はじめから疑っていた。かような時期に、突然、腹ちがいの妹が現れるなど妙だと思った」

「なれど久美さまのことは佐野さまからのお文に……」

「佐野どのの筆跡は二人とも知らぬ。いくらでもごまかせる」

「それでは、あれは偽文だとおおせなのですね」

勇之助はうなずいた。

「妹にしてはどうも態度がおかしい。そなたが焼きもきしているのは気づいていたが、尻尾《しっぽ》を出さぬ以上、どうすることもできぬ」

幸江は頬を染めた。今さらながら、自分の妬心が恥ずかしい。

「殿はすでに小島を発《た》っておられる。あの女も焦っておったのだろう」

手練手管で書状を盗み出そうとした。が、上手《うま》くゆかず夜間に家探しをはじめた。気配に気づき、取り押さえようとした勇之助と、今しがたの斬り合いになったのだという。

「まさか仲間がもう一人、潜んでおるとは思わなんだ」

「取り逃がしてはまずいことになるのではありませぬか」

「いや、どのみち斬り捨てる気はなかった。最後には逃がしてやるつもりだった」

幸江は思わず色をなした。

「あの女が哀れと思うたからにございますか」

「まさか」勇之助は苦笑した。「書状を見つけたからだ」

「書状ッ。まあ。では、書状は盗まれてしもうたのですか」

「案ずるな。贋《にせ》の書状だ」

「贋の……」

「あやつ、粕谷の屋敷へ逃げ込んだにちがいない。今頃、粕谷は、書状を手に、溜飲《りゅういん》を下げておるはずじゃ」

幸江は言葉もなく夫の顔を見つめる。

「粕谷は書状を焼き捨てる。これでわれらも、殿が上京なさる日まで、安眠できるというわけだ」

次から次に驚くことばかりで、幸江は息をつく暇もない。が、もうひとつ、どうしても訊《き》いておきたいことがあった。

「なれば旦那《だんな》さま、本物の書状はいかがなされたのでございますか」

勇之助はにやりと笑った。

「そなたが安全なところへ届けてくれた」

「え？」

「主膳が保管している」

「なればあのときの……」

「さよう。拙者が出向けば疑われる。それで遣いを頼んだ」

幸江は吐息をもらした。このひと月余り、幸江は一人芝居をしていたのだった。

「ひどい旦那さま……」幸江は拳《こぶし》を握りしめた。「ひと言、わたくしに打ち明けてさえくだされば……このひと月、どんなに辛い思いをしたか……」

夫の胸を打つ真似をする。

勇之助は妻の拳を両手ではさみ込むと、胸に抱え込んだ。

「危険は冒せなかった。万が一、疑っているとわかれば、あやつ、なにをするかわからぬからの」

幸江は身を振りほどこうとした。

勇之助はなおも強く抱きしめる。

「旦那さまはわたくしのことなど、もう、お嫌いになられたのかと思いました」

「馬鹿なことを申すでない」

「なれど……久美さまがいらしてからは一度も……」

「寝首をかかれては元も子もなかろう」

勇之助は幸江をはがいじめにして、帷子《かたびら》の胸元へ手を差し入れる。勇之助にしても、ひと月余りの禁欲は決してたやすいものではなかったのである。

「ほんとうは、久美さまに誘われ、あわよくばと思うておられたのではございませぬか」

夫の愛撫《あいぶ》に身をまかせながら、幸江が息をはずませると、勇之助は返事の代わりに、唇で妻の口をふさいだ。

花の散りしきる道を、幸江は下谷《したや》広小路へ急いでいた。

供はいない。胸に布包みを抱えている。中には、久美が残していった鴇色《ときいろ》の小《こ》袖《そで》が入っていた。

見事な小袖だが、自分で着る気にはなれない。

この色は、わたくしには似合わない――。

それは言い訳。似合わないから着ないのではなかった。はじめて目にしたときから、小袖にはなにやら不吉なものがまとわりついているように思えた。

まるで生身の女のような……。

実際、小袖を見たことで、幸江の胸の底に眠っていた疑心暗鬼、嫉妬《しっと》、焦燥、果ては殺意までが、ずるずると引き出された。それはちょうど、小袖の裾《すそ》に描かれた禍々《まがまが》しい絵柄に似ていた。なんの変哲もない小舟から極彩色の打掛《うちかけ》がこぼれ、そこから血飛沫《ちしぶき》のような鳥が飛び立つ……。同じように、幸江の胸の奥底にも自分の知らない生々しい女が息づいていて、それが一気に噴き出したのである。

焼き捨ててしまおう。一旦《いったん》はそう思いながら、それができなかったのは、そんなことをしたら祟《たた》られそうで怖かったからだ。かといって、いつまでも衣桁《いこう》に掛けておくわけにはいかない。他人に譲るのも気が進まなかった。

結局、古着屋に売ることにした。小石川片町《かたまち》や菊坂町にも古着屋はある。だが近場では顔見知りのだれかが買い取る心配があった。そこで、わざわざ広小路まで、足を延ばすことにしたのである。

最初に目についた古着屋へ入り、応対に出た手代に小袖を見せると、

「少々お待ちを」

といって、手代は奥へ消えた。

待つほどもなく、手代は番頭を伴って戻って来た。

「これは……見事な小袖にございますなあ」

番頭はじっくり観察した。

「まことに手放されるおつもりでございますか」

「はい。不要なものゆえ、お引き取り願えぬものかと……」

「いかほどで、売られるおつもりですか」

「いかほど……と、言われましても……」

幸江は当惑した。手放したい一心でやって来たので応《こた》えようがない。

「この小袖は……なにか特別なものなのでしょうか」

足元を見るつもりなら、ごまかすこともできた。が、番頭は実直な男だった。

「断言はできませんが……三河の小藪《こやぶ》村に、ひと頃、かような絵を好んで描く絵師がおったと聞いたことがございます。おそらくそのお方の手描きにございましょう」

「小藪村……」

「小藪村は、権現《ごんげん》さまの奥方さまがお手討ちになられたところだそうにございます」

権現さまとは神君・家康公。正室の築山《つきやま》殿は甲斐《かい》の武田方に通じたと疑われ、織田信長の命により小藪村で惨殺されている。二百五十年余りも昔の話だ。ときを経るうちに話に尾ひれがつき、今では、築山殿は悋気《りんき》烈《はげ》しく、奸計《かんけい》に長《た》けた女だというのが定評になっていた。幸江もむろん、築山殿の悪評は聞いている。

そうか。これでわかった。

水辺の葦原《あしはら》、置き捨てられた小舟、そこからこぼれた極彩色の打掛と、血飛沫とも紛《まご》う鳥の群れ……これは禍々しい惨殺の光景を描いたものだったのである。

「なにゆえ、かような絵ばかり好んで描かれたものか、もとよりわたくしどもにはわかりませんが、ひととき持て囃《はや》されたのちあっけなく廃れ、近頃ではもう、目にすることものうなりました」

久々に珍しいものを見せていただきましたと、興味深げに見入る番頭に、幸江は、いくらでもいいから引き取ってもらいたいと頭を下げた。

謂《い》われがわかった今は、なおのこと、一刻も早く手放したい。小袖の裾模様には、惨殺された女の怨念《おんねん》と悋気が描き込まれているように思えた。

番頭は小袖に四百匁の値をつけた。古着にしては高価な金額だった。

幸江は店を出たところで足を止め、花曇りの空を見上げた。憑《つ》き物が落ちたような、晴れ晴れとした顔である。

数日前、藩主は無事、江戸入りした。勇之助は父の書状を提出した。粕谷は即刻改易《かいえき》となり、勇之助は晴れて江戸留守居《るすい》役を引き継いだ。

雲間に、勇之助の凜々《りり》しい顔が浮かぶ。

この金子《きんす》で、旦那さまのお召し物を仕立てよう——。

はずむ足取りで、幸江は夫の待つ役宅へ帰って行った。

猫

一

ことん、簪《かんざし》が落ち、佳世《かよ》は髷《まげ》に手をやった。

髪だけはくずさぬようにと気を配っていたのに……髷がゆるんでいるのか。襟足も乱れていやしないか。

髷をなおし、襟元をととのえ、落とした簪を拾いあげた。

一度が二度、二度が三度、情事は知らぬ間に体に馴染《なじ》んでしまうものらしい。

橋場の渡し場から舟で向島《むこうじま》に渡る。降りたところが寺島村だ。畦道《あぜみち》を通り、雑木林をぬけて、木立の向こうに橘《たちばな》家の寮が見える頃には、手習い本を入れた風呂敷《ふろしき》包みを持つ指がふるえ、脇の下がじっとりしめっていた。

葉を落とした樫《かし》の木の陰で足を止め、寮を眺める。

斜めにかしいだ板塀には、犬猫のぬけ道に恰好《かっこう》の破れ目がある。板塀の上からのぞく茅葺《かやぶき》屋根は、風除《よ》けの石の重みに耐えかね、無様《ぶざま》にひしゃげている。村はずれに建つ寮は、その家のあるじに似て、病弊しているようにも見えた。

深々と息を吸い込み、風呂敷包みを胸に抱きしめて木戸に歩み寄る。

木戸の柱は朽ちかけ、苔《こけ》むしていた。灸花《やいとばな》がひと群《むら》、柱にからみついている。戸に手をかけようとして目をみはった。葉陰に、季節はずれの小さな花が咲いていた。花びらが白く、芯《しん》だけが赤いその花は、名のごとく、内側からぽっと火を灯《とも》したように見える。生身の自分を見たようで、佳世は視線を背けた。

動悸《どうき》を抑え、木戸を押し開ける。

庭隅で落ち葉を掃いていた留吉《とめきち》が振り返った。

留吉は陰気な顔をした老僕だ。鼠のような目をしょぼつかせ、ほうけた白髪を箒《ほうき》の柄にすりつけるような恰好で、上目遣いに女主人の顔を見上げている。

留吉は佳世の夫・橘新左衛門《しんざえもん》の父の代から橘家に仕えていた。言葉が不自由で偏屈な男だが、幼い新左衛門を偏愛し、どこへ行くにも、影のごとくつき従っていたという。

佳世が橘家に嫁いだのは、六年前の春、文政《ぶんせい》三年正月である。その年の夏、留吉は、当時別宅と称していたこの寮へ移された。佳世が留吉を追い払ったわけではない。が、なんとなく煙たい存在だった留吉が、別宅の留守居《るすい》番となって家を出されたことは、佳世には歓迎すべき出来事だった。

橘家は代々、勘定吟味方下役《ぎんみかたしたやく》をつとめている。文政四年、当主の平右衛門《へいえもん》がその年江戸で猛威をふるった風邪に罹《かか》り、肺炎を併発して急逝してしまうと、二十歳になっていた新左衛門が家督を継いだ。二年後、今度は新左衛門が病を得て、役を辞する。腹ちがいの弟に家督を譲って別宅へ移り、留吉は再び新左衛門に仕えることになった。

留吉の恰好は獣が獲物をうかがっているようにも見える。うしろめたいところのある佳世は、曖昧《あいまい》に声をかけ、木戸をくぐった。

縁側に目をやる。火鉢が見えない。小春日和のおだやかな陽射しが、端近くに溜《た》まってゆらいでいる。

火鉢がない、ということは、新左衛門の容体がはかばかしくないことを意味した。体調がよければ、縁側に座って火鉢を抱え、鬱々《うつうつ》とした顔で庭を眺める。それだけ気力があるということで、そんな日は機嫌が悪い。

体調が悪いと、夫は終日、うつらうつらしている。

佳世は緊張を解いた。足早に庭をぬけ、勝手口へまわり込む。

厨《くりや》に足を踏み入れるや、息を呑《の》んだ。

かまどの脇の水桶《みずおけ》に、新左衛門がかがみ込んでいた。病瘦《やまいや》せのせいで極端に飛び出た喉仏《のどぼとけ》を上下させ、杓《ひしゃく》で水を飲んでいる。

人の気配に、新左衛門は振り返った。

佳世は駆けよって、ぬれた夫の唇を懐紙で拭《ぬぐ》った。

「喉が渇いての」

こくりと喉を鳴らして、新左衛門がいった。

「おたつはどうしたのですか」

「知らん。目を覚ましたら、だれもおらん。無性《むしょう》に水が飲みたくなったので、下りて来た」

「もっと、お飲みになられますか」

「いや」

佳世は夫の手から杓を受け取り、桶の縁にのせた。

新左衛門は長患いのため頬がこけ、目の縁が黒ずんで、すっかり面窶《おもやつ》れしている。だがその顔には、今なお、佳世の胸を騒がせる凜々《りり》しさがあった。いや、むしろ病が、無用な肉をそぎ落とし、研《と》ぎ澄まし、生来の精悍《せいかん》な面差しをきわだたせているかのようだ。

「なればもう、お休みなさいませ」

夫の薄い背中に手をまわし、板間へ助け上げた。

板間の真ん中で丸くなっていた三毛猫がもっそり起き上がる。

佳世が新左衛門のもとへ嫁してのち、知人から譲り受けた猫である。当時生まれたばかりだった猫も、今では人間でいう壮年になっていた。

子供ができるまでの退屈しのぎにと、新左衛門が佳世のために貰《もら》い受けてくれた猫は、当時、恰好の遊び仲間だった。新婚の二人は、「子猫が襖《ふすま》を引っかいた」といっては笑い、「子猫が食べ物を吐いた」といっては気をもみ、房事の最中にふざけて子猫を抱き寄せては、忍び笑いをもらしたりもした。

屈託《くったく》のない日々は、新左衛門の発病で一変した。

嫁して四度目の夏、「体がだるい」といいだしたのがはじまりで、晩秋に風邪をひくと熱と咳《せき》がいつまでもぬけず、新左衛門はそのまま寝たり起きたりの暮らしになってしまった。結局、お役御免を申し出て弟に家督を譲り、別宅へ引き移ることになったのだが、以来、病は一向に癒《い》えず、体は弱るばかりだ。

寮へ伴った猫は、病人にはうっとうしいとみえ、新左衛門からは見向きもされなくなった。が、寂しさをかこつ佳世に溺愛《できあい》され、毎晩ひとり寝の佳世の添い寝をしている。

猫を見て、新左衛門は眉《まゆ》をひそめた。

猫は平然と板間を横切り、土間へ下りると、かまどに飛び乗って丸くなった。

「琴の稽古《けいこ》か」

猫から風呂敷包みに視線を移し、新左衛門は訊《たず》ねた。

「は、はい……」

「上達したろう」

「いえ。不器用ですので思うようには……」

佳世は夫の横顔を盗み見る。

世俗との交わりが絶え、つまらぬ欲がなくなったせいか、新左衛門の双眸《そうぼう》は澄みきっている。眸《ひとみ》に、疑いの色はなかった。

「気長に習うことだ」

「かようなときに習い事など……」

佳世は娘時代、熱心に琴の稽古に通っていた。寮へ移ると、新左衛門は妻に、もう一度習い事をはじめるようにと強く勧めた。日夜夫の看病に明け暮れる妻に、楽しみのひとつも与えてやりたいという思いやりだった。

お役御免となれば役料はなくなる。本宅からは月々、見舞い金と称して、かつかつ食えるだけの手当てが届けられるものの、腹ちがいの弟にそれ以上無心することを、新左衛門は潔《いさぎよ》しとしなかった。本来なら習い事などできる身分ではない。わずかばかりの蓄えをむだに捨てるようで、佳世は気が進まなかった。だが新左衛門は、金より気晴らしのほうが大切だとあとへ退《ひ》かない。佳世は、夫を安心させるために、琴の稽古を再開した。

夫の配慮は仇《あだ》となった。佳世は夫を裏切っている。

懸命に心を落ちつかせた。

「さ、早うお休みなされませ。さような恰好《かっこう》で起きておられては、お体にさわります。寝所へお連れいたしましょう」

背を押すように、寝所へ連れ戻る。土間へ下りたのがこたえたのか、新左衛門はぐったりと夜具の上に倒れ込んだ。

枕辺《まくらべ》に座り、夫の寝顔を見つめた。忙《せわ》しげに呼吸をするたびに、頰がくぼむ。眉間《みけん》のしわが深まる。医者はとうに治ってよい頃だというが、病は日を追うごとに悪くなる一方だ。近頃では匙《さじ》を投げたとみえ、医者の足も遠のいていた。

片手を伸ばし、夜着の上からそっと夫の体に触れた。胸から腹をなぞり、手を下へずらして下腹の上におく。かつて脈々と波打ち、佳世を陶酔させたものを思うと、知らず知らず吐息がもれた。夜着をはぎ取り、夫を抱きしめたい。足をからめ、隙間なく体を合わせたい。突き上げる衝動に唇を噛《か》みしめた。

空疎な情事は、馴染《なじ》むのも早いが忘れるのも早い。つい先刻まで別の男に抱かれていたことが、遠い夢の中の出来事のように思えた。哀しみに打たれたように、夜着に身を伏せたときである。新左衛門の右手が着物の上から妻の膝《ひざ》をつかんだ。病人とは思えない、激しい力だった。

佳世ははっと夫の顔に目をやった。新左衛門は瞼《まぶた》を閉じていた。口許《くちもと》をひき結んで、相変わらず眉間にしわを刻んでいる。目覚めているのか、眠っているのか、膝においた手をすべらせ、着物の裾《すそ》から指を入れて、妻の太腿《ふともも》を探った。

佳世は夫の胸に額をすりつけ、うなじを波だたせた。熱い息がもれる。だが、陶酔が訪れる前に、新左衛門の指は動きを止め、畳へすべり落ちた。

新左衛門は軽いいびきをかいている。

しばらく夫の寝顔を見つめた。縁側へ出て、後ろ手に襖を閉める。いつのまに場所替えしたのか、猫が日溜まりで心地よさそうにまどろんでいた。

庭に留吉の姿はない。庭隅に集められた落ち葉が風にあおられ、かさこそと乾いた音を立てている。

この音は、わたくしの胸の音、いいえ、体の――。

佳世はつぶやき、猫を抱き上げた。

二

琴の音が途絶えた。

佳世は視線を上げた。

師匠のおつまが、たるんだ顎《あご》を首のしわへ埋め込むようにしてうなずいた。佳世に口を開く隙を与えず、白く塗りあげた頰をくぼませ、「伏見《ふしみ》」と唇を動かす。

「これきりに……」

いいかけたときはもう、おつまは琴に視線を落として、知らん顔で弦を爪弾《つまび》いていた。

佳世は観念した。おつまは、病床の夫をもつ妻の渇きを知りぬいている。佳世にとって金がどれほどありがたいかも、わかりすぎるほどわかっていた。

おつまは一時期、さる旗本に妾《めかけ》奉公をしていたという。だが、元をただせば遊里の出。身請《みう》けしてくれた旗本をあっさり捨て、腕一本で身をたてているような女だから、裏の顔があっても不思議はないが……はじめて誘いをうけたときは耳を疑った。

嫁入り前の娘たちを集め、綿帽子の作り方を指南する「綿の師匠」の中に、娘を素人好みの金持ちに斡旋《あっせん》する女衒《ぜげん》まがいの女がいることは聞いていた。相次ぐ飢饉《ききん》の影響で、幕府の財政は逼迫《ひっぱく》している。武家の台所は苦しい。侍の妻や娘の中にも身分を秘して体を売る者がいるという。だが、おつまがそうした類《たぐい》の女であったとは……。

はじめはむろん、断った。おつまは無理強《じ》いをしなかった。

「薬代がお入り用かと思ったんですよ」

病が進めば、ますます金が必要になる。弟に頭を下げるくらいなら飢え死にする、といいかねない夫である。おつまの申し出た法外な金は、佳世の心をゆさぶった。

だが、正直に己の心を問いただせば、金のためというのは、単なるいい訳にすぎない。少なくとも、二度目以降はそうだった。

曲が終わったのを機《しお》に、琴爪《ことづめ》を外して袋へしまった。

おつまの家を出て、出合茶屋《であいぢゃや》『伏見』へ向かう。師匠の家から伏見まで、女の足で半刻《はんとき》足らず。疚《やま》しさを振り落とすには、あまりに短い道のりだ。茶屋では磐《いわ》城《き》十兵衛と名乗る勤番侍が待っている。

十兵衛は時節が来れば国元へ帰ってゆく男だ。ひとときの戯れである。佳世も十兵衛もお互いの素性を知らない。佳世は十兵衛に抱かれ、目を閉じて、夫の面影を追いかけていればいい。

今戸町《いまどまち》へ曲がる角で立ち止まった。だれかにあとを尾《つ》けられているようだ。あたりを見まわす。箱荷を担いだ丁稚《でっち》、町家のお内儀、振売《ふりう》り、赤子をおぶった若女房……怪しい者はいない。動悸《どうき》を鎮め、歩みを速めた。

尾けられていると感じたのは、今回で二度目だった。夫がありながら金で男に身をまかす。その疚しさが杞憂《きゆう》を生む——そう、それだけ……心にいいきかせながら、しもたやを装った出合茶屋の戸口で、再度周囲を見まわす。不審な姿はない。佳世は迷わず戸を引いた。

その日、寮へ戻るなり、縁側の火鉢に目を留めた。灰がくすぶり、火箸《ひばし》が垂直に突き立っている。新左衛門が、たった今まで起きていた証拠だ。

夫の容体がよいことは、必ずしも機嫌がよいことにはつながらない。体調がよい日、夫は不機嫌になる。やりたいことができない焦燥が、夫をいらだたせるからだ。

留吉の姿はなかった。庭一面に落ち葉が散らばっている。厨《くりや》へまわると、脱ぎ捨てた蓑《みの》の上に丸くなっていた猫が薄目を開け、思わせぶりに顔をなでた。しゃがんでなでてやる。猫は喉《のど》を鳴らした。ひとしきり猫をあやして心を落ちつけ、夫の寝所へ向かう。

新左衛門は夜具の上にあぐらをかいていた。入口に背を向け、鞘《さや》から抜いた脇《わき》差《ざし》を宙にかざし、刃先を眺めている。

「只今《ただいま》、戻りました……」

敷居際に膝をそろえ、夫の背に声をかけた。

「今日はご気分がよろしいようですね」

「うむ……」

新左衛門は肩越しに振り返った。妻の顔にあてた視線に、刃先同様鋭い光があった。

「研ぎにだしたほうが、ようございましょうか」

妻の問いには応《こた》えず、新左衛門は視線を脇差に戻した。沈黙が流れる。言葉の継穂《つぎほ》を失って、佳世は腰を浮かせた。

「お薬をお持ちいたしましょう」

と、そのときだ。

「妻敵討《めがたきうち》――というのを、知っておるか」

背を向けたまま、新左衛門がつぶやいた。

佳世は絶句した。

「知っておるか、と訊《き》いておる」

「は、はい。聞いたことはございますが……。それが、なにか」

「刀は研がずともよい。おれには不要の代物《しろもの》だ」

新左衛門は刀を鞘に納めた。

肉のそげ落ちた夫の背中が、突如、鋼《はがね》の板に変わったように見えた。

「茶をいれてくれ」

放心している妻に、新左衛門がいう。

「はい、只今……」

あわてて立ち上がり、厨へ駆け込んだ。

その夜は眠れなかった。

夫のひと言が脳裏に貼りついている。なにを思って、夫は妻敵討などといったのか、しかも刀など取りだして……。考えると、身内にふるえがきた。夫は知っているのか。まさか……。世俗との交わりを絶ち、世捨て人のような暮らしをしている夫だ。気づいているとは思えない。だが、万一、気づいたなら、夫はどうするつもりか。離別するのか。それともあの刀でひと思いに……。

　離別されるくらいなら討たれて死んだほうがましだった。病床の夫を置き去りにすることだけはどうあってもできない。それほど夫が愛《いと》しいなら、なぜ、ひときの情事になど溺《おぼ》れたのか。自分でもわからない。佳世はわが身のおぞましさに寝床を輾転《てんてん》とした。

　いつのまにか、うつらうつらしていたらしい。

　襖《ふすま》の開く音に目を開けた。暗闇に慣れた眸《め》が、廊下に立って妻を見つめている夫の姿をとらえた。

　佳世は驚いて半身を起こした。佳世の胸から猫が下り立ち、夫の足元を駆けぬける。

　新左衛門は猫に苦々しげな一瞥《いちべつ》を投げた。

「猫を抱いて寝るな」

吐き捨てるようにいう。呆然《ぼうぜん》としている妻を残して襖を閉じた。

風が板戸をゆらしている。だれかが暗闇にうずくまって、二人のやりとりに耳をすましているような気がした。

佳世は、その場を動かなかった。風の音に夫のいらだちを重ね、なすすべもなく座り込んでいた。

三

数日後のある朝のことである。粥《かゆ》を運んでゆくと、新左衛門は夜具に仰向けになり、虚《うつ》ろな目で天井を眺めていた。熱のために、頬がうっすらと赤らんでいる。

佳世は枕辺《まくらべ》に粥の盆を置いた。

「白湯《さゆ》をお持ちしましょうか」

新左衛門は妻の顔を見上げた。

「いらぬ。今日は琴の稽古《けいこ》に行く日だろう。おたつに、汁粉を作ってくれと頼んでおいてくれぬか」

おたつは寺島村の農家の女房で、寮の厨を預かっている。

「お汁粉ですか。では、わたくしがお作りいたします。今日は家におりますから」

「稽古にゆかぬのか」

「稽古は……やめようと思うております」

新左衛門はいぶかしげな顔になった。

「やめる……なぜだ。おれのことなら心配はいらぬ。今日明日の病ではない。おまえまで家に籠《こ》もっていることはあるまい。息抜きでもせねば、おまえのほうが参ってしまうぞ」

夫の真意を量りかね、佳世は狼狽《ろうばい》した。

「おまえが気晴らしをしてくれたほうが気が休まる」

「でも……」

「案ずるな。おたつもいる。それに留吉は、近頃では粥まで炊いてくれる」

佳世は眉《まゆ》をひそめる。

「子供の頃から親身に世話をしてくれた。まだ伝い歩きをしていた頃のことだ。縁側から転げ落ちて大怪我をしたことがある。それを知った留吉は子守女に手ひどい折檻《せっかん》を加えたそうな。おまえは案ぜずとも好きなことをすればよい」

　この朝の新左衛門はめずらしく饒舌《じようぜつ》だった。

「どうした。琴の稽古で嫌なことでもあったのか」

「いえ、さようなことは……」

　依怙地《いこじ》になれば、かえって疑惑を招く。佳世はしかたなくうなずいた。

「なれば、そうさせていただきます。くれぐれもご無理をなさいませぬように」

　陽射しは明るい。不安を笑い飛ばすようにきらめいている。佳世は夫に粥を食べさせ、寝所をあとにした。

　二度とおつまの誘いに応じるつもりはなかった。が、突然ぱたりと稽古をやめてしまうのもおかしなものだ。何事があったのかとおつまに邪推されるのも剣呑《けんのん》である。いつものように稽古をすませた上で、おつまに頭を下げた。

「例のことはもうお終《しま》いに……なにとぞ、これまでのことはなかったことにしてくださいまし」

　金子はその都度《つど》動いたものの、佳世の情事が金のためばかりでないことは、おつまも承知している。嫌だという女に無理に色を売らせ、阿漕《あこぎ》な儲《もう》けをする気はおつまにはなく、危ない橋を渡る気もなかった。

「承知いたしました。なれば、佳世さまとわたくしだけの秘密ということに……」

おつまは請け合った。が、安堵《あんど》して、琴爪《ことづめ》をしまおうとしたときである。

「やはり、お宅のだれかに気づかれたのでございますね」

描き眉をひそめ、あざやかに紅を塗った唇をゆがめて、おつまはつぶやいた。

「それでわかりました。佳世さまのあとを尾《つ》け、伏見のまわりをうろついていた男がいたと聞き、わたくしも案じておりましたのですよ」

佳世は目をみはった。

「わたくしのあとを……」

「あら、そのせいではないのですか、今日のお話……」

「いいえ。では、だれかがわたくしのあとを尾けていたと」

「いえね、この前とその前、佳世さまが伏見へ入ったすぐあとに、店の小女と番頭が不審な者を見かけたというのです。蓑笠《みのかさ》で顔を隠した男で、佳世さまが出て来るまで表で待っていたようだと……。店の女将《おかみ》は事情を承知しております。だれになにを訊《き》かれたとて話す懸念《けねん》はございませんが……それにしても、なにやら薄気味が悪い話で……」

この前の情事の際、今戸町の角でだれかがじっと自分を見つめているような気がした。では、あれは気のせいではなかったのだ。

琴をかたづけながら、思案をめぐらせる。

夫が病の床で画策し、人を遣《や》ってあとを尾けさせたのか。だが、夫は嘘のつけない男だ。妻の不義に気づいたなら、見て見ぬふりをして密通の場に送りだすはずがない。

では、だれが――。

隠居した新左衛門に、親しくつきあう友はない。寮にいるのは夫婦と古くから橘家に仕える老僕、それに毎朝通って来るおたつ……。

すると、あとを尾けていたのは、磐城十兵衛の手の者か。

気もそぞろに、佳世は師匠の家をあとにした。

伏見へまわって、不審な男の人相風体を訊《き》きだしたい。だが、またあとを尾けられるのが怖かった。不安を抱いたまま、家へ帰った。

木戸をくぐり、縁側に目をやる。火鉢のかたわらに猫がいた。四肢を伸ばして眠っている。風の音に聞き耳をたてているのか、耳の先端をときおりぴくっぴくっと動かしている。せわしないその動きは、佳世の心の動揺を代弁しているように見えた。

厨《くりや》へまわり、菜を煮ているおたつに小言をいう。

「猫が旦那《だんな》さまのおそばへゆかぬよう気をつけておくれと申したでしょう。旦那さまに叱られますよ」

「これは気がつきませんで……。すぐに連れて参ります」

おたつは菜箸《さいばし》をおき、前掛で手をぬぐった。

「いえ、わたくしが行きます。ところで留吉さんは……」

「出かけました」

「めずらしいこと。どこへ」

「奥様が出かけるとすぐ、ちょいと出てくるといいなすって」

偏屈で人嫌いの留吉は、身寄りもなく、めったに外出をしない。佳世は首をかしげた。

「入り用のものでもできたのでしょう。手が空いたらおたつ、縁側の火鉢に炭を入れて、旦那さまのご寝所へお持ちしておくれ」

板間へ上がり、廊下伝いに縁側へまわった。

猫を抱き上げ、喉《のど》をなでる。猫は顎《あご》をそらせ、愉悦の表情を浮かべた。

「こちらへ来てはいけないといったでしょう。あっちへお行き」

廊下へおろして追い立てると、心外だといわんばかりに背を丸め、ぶるっと体を振りたてて厨へ駆け去る。

そのとき、襖《ふすま》越しに新左衛門のとがった声が聞こえた。

「帰ったか」

「はい」

襖を開けると冷気が流れ、新左衛門は苦しげに咳《せ》き込む。

佳世は夫ににじり寄り、背をさすってやった。

「火鉢が出ておりました。ご気分がよろしいのかと安堵しておりましたのに……。長時間風にあたってはなりませぬ。お体にさわりますよ」

自分から呼び寄せたのに、咳《せき》が鎮まっても、新左衛門はなにもいわなかった。妻に背を向け、横たわっている。心に屈託のある佳世は、夫の顔が見えないだけに、ますます不安をかきたてられた。重苦しい沈黙がたえがたい。

「留吉がどこぞへ出かけたそうですね。どこへ参ったか、聞いておられますか」

声をかけると、新左衛門は寝返りを打ち、またひとしきり咳き込んだ。

「いや、知らぬ」と応《こた》え、不意に思いついたようにいいそえた。

「そういえば、おまえに客が訪ねて来たそうだ」

佳世は目をみはった。

「わたくしに……で、ございますか」

「うむ」

「どなたにございましょう」

新左衛門は妻の眸《め》を見返した。

「留吉のことだ、ようはわからぬが……『いなぎ』とか『いのき』とか申した。あいつが身振り手振りで話したところによると、大柄で口髭《くちひげ》をたくわえた侍とか……」

佳世は雷に打たれたように体を硬直させた。地中に引き込まれるような衝撃である。

新左衛門はけげんな顔をした。

「心あたりがあるのか」

「い、いいえ。ございませぬが……そういえば、琴の師匠のところでさようなお侍に会うたことがございます。その……お名は存じませぬが……いつぞや、よいお医者をご存じで、ぜひ紹介したいとおっしゃってくださったことがございまして……」

しどろもどろに応える。

「さようか。なれば、その男に相違あるまい」

それ以上問いただそうとはせず、新左衛門はくるりと背を向けた。背中が波打っているところを見ると、発作の苦しさを妻に見せまいとしているらしい。佳世の目には、夫が懸命に怒りを堪《こら》えているように見えた。

もしや勘づいているのでは——と、背筋が凍りつく。

それにしても、磐城十兵衛はどうして佳世の住まいを知ったのか。なぜ、わざわざ訪ねて来たのだろう。

「お薬をお持ちいたしましょう」

うわずった声でいうや、佳世は逃げるように寝所をあとにした。

四

翌朝は雨だった。

眠れぬ一夜を過ごした佳世は、あたりが白みはじめるのを待って起きだし、手早く身繕いをした。大雨になりそうな日は、おたつは来ない。厨へ下りると、留吉が粥《かゆ》を炊いていた。

炊き上がった粥を留吉から受け取り、白湯《さゆ》と菜を添えて夫の寝所へ運んだ。襖を細く開けて声をかけると、「いらぬ」と、新左衛門の声がした。

「ひと口でもお召し上がりになりませぬと……」

「いらぬ、と申しておる」

「なれば、白湯だけでも……」

「いらぬというたらいらぬ。なにも欲しくないのだ。あっちへ行ってくれ」

新左衛門の声はいらだっていた。

佳世はため息をついた。襖を閉めようとして、手を止める。得体《えたい》の知れない恐怖がつきあげ、夫の顔を凝視した。

新左衛門は瞼《まぶた》を閉じていた。こめかみがひきつっている。青ざめた唇が憔悴《しょうすい》を際立たせ、眉間《みけん》のしわが苦悩を浮き彫りにしていた。

やはり、そうだ――。

冷たい手が喉をつかみ、ぎりぎりとしめあげた。思わず片手を喉に当て、ふるえる指で襖を閉める。佳世は厨へ逃げ込んだ。

留吉はいなかった。土間へ下りると猫が足元へすり寄って来た。猫の喉をなで、土間の隅の器へ、夫のために炊いた粥を空けてやる。

猫は音をたてて粥を食べた。佳世は猫のかたわらにしゃがんで、猫が粥をたいらげるのを見守った。

だれかが見ていると感じたのは、そのときだ。それも憎悪のこもったまなざしで……。あたりを見まわしたがだれもいない。戸が細く開き、隙間から吹き込んだ雨が土間に水たまりを作っている。

佳世は、あとを尾《つ》けていたという不審な男のことを思い出した。

おつまに訊《き》いてみよう――。

ぬれることさえ厭《いと》わなければ、雨は好都合だ。人目を避けることができる。稽《けい》古《こ》日《び》でなければ、あとを尾けられる心配もない。この雨ならおつまも家にいようし、稽古に来る者もいないはず。おつまに会い、磐城十兵衛が寮を訪ねた訳を訊いてみよう。

木戸へ行くまでにもう、着物の裾《すそ》がぐっしょりぬれていた。裾を持ち上げ、身をこごめて木戸をくぐろうとする。と、行く手に蓑笠《みのかさ》姿の男が立ちふさがった。

留吉である。

「雨の中を……どこへ出かけていたのです」

留吉は応えず、じいっと佳世を見つめている。雨がにごった目の澱《おり》を流し去ったのか、むきだしになった眸《ひとみ》に憎悪の炎がゆらめいていた。

佳世は視線を逸《そ》らせ、留吉の脇をすり抜けて、木戸をくぐろうとした。が、右へ行けば右、左へ行けば左、留吉は行かせまいとする。

留吉は磐城十兵衛から秘密を訊きだした。そうにちがいない……はっと思い当たった。留吉は読み書きができぬ上に言葉が不自由だ。秘密をもらす心配はない。だが、留吉にしゃべったとなると、十兵衛をこのまま捨ておくわけにはいかない。早急に、おつまに会わなければ……川の水かさが増して足留めされる前に……。

あせった佳世は、このとき、自分でも信じられないことをした。留吉を突き飛ばしたのである。か弱い一撃でも老骨にはこたえたとみえ、留吉はよろけ、ぬれた地面に足をすべらせてその場に転倒した。

佳世は後ろも見ずに駆けだした。

ところが、おつまには肩透かしを喰《く》わされることになった。

青い顔をしてあらわれた佳世を奥座敷の火桶《ひおけ》のそばへ連れて行き、ぬれた着物を着替えさせたおつまは、佳世の話を聞き、さすがに顔色を変えた。長煙管《ながぎせる》を逆さに取り上げ、あわてて持ちかえると、一服吸って気を落ちつける。

「でも、佳世さま、それはおかしゅうございますわ。わたくしはたしかに、佳世さまを磐城さまにお引き合わせいたしました。なれど、佳世さまの素性は、お約束通り、なにひとつお話ししてはおりませんよ。先様がご存じなのは、素人——いえ、その、お侍の奥方だということだけ……。こういっちゃあなんでございますけれど、そのあたりのことをきちんとしておきませんと、こうしたお取り持ちはできません」

十兵衛らしい人物が寮へ訪ねて来たと話すと、おつまは首をかしげ、早速、下僕を十兵衛のもとへ走らせた。

下僕の報告を聞いたおつまは笑い声を上げた。

「佳世さま。やはり佳世さまの思いちがいにございましょう。このところ、お遣いがないので、わたくしも首をかしげておりましたのです。思った通り……磐城さまはとうにお国元へお帰りになられたとのことですよ」

「お国元へ、いつ……いつお戻りになられたのですか」

「佳世さまと最後に逢《あ》われた、ほら、だれぞにあとを尾けられていたと申し上げた、あのすぐあとだそうです。翌朝早くお発《た》ちになられ、すでにお国元にお着きになっておられるとのことにございます」

佳世は絶句した。

おつまの家を辞して寮へ戻る。

留吉が身振り手振りで新左衛門に伝えたという男の人相風体は、磐城十兵衛に酷似している。が、その日、十兵衛はもう江戸にはいなかったのだ。

となると、考えられることはひとつ。病身の新左衛門が留吉を遣って、佳世の動静を探らせた。そして、佳世の反応を見るため、故意に十兵衛の話を出した。佳世の動揺を見抜き、昨晩は激怒と嫉妬《しっと》に悶々《もんもん》とした。それなら、今朝の新左衛門の取りつく島のない態度も辻褄《つじつま》が合う……。

佳世は寮の前で足を止めた。雨足が激しくなっている。雨に煙る屋敷は、打ち捨てられた骸《むくろ》のように見えた。悪寒が爪先《つまさき》から這《は》い上がる。が、思案する気力もないまま、吸いこまれるように木戸をくぐった。

庭に足を踏み入れるや、総毛立った。

猫が死んでいた。あたりに血が飛び散っている。

悲鳴をあげようとして、かろうじて呑《の》み込んだ。吐き気をこらえ、勝手口へ駆け寄る。そこで、棒立ちになった。井戸端に留吉がいた。降りしきる雨の中で、留吉は裸足《はだし》になって盥《たらい》の中に立ち、新左衛門の着物を洗っている。溢《あふ》れ落ちる水が赤く染まっていた。

佳世の視線を認めると、留吉は振り返った。母屋のほうへ視線を動かし、陰鬱《いんうつ》な顔でうなずく。猫を殺したのは新左衛門だと、その目は告げていた。

数日前、脇差《わきざし》を抜いて刃先に射るような視線をあてていた新左衛門の姿が脳裏によみがえった。

あの人は今、刀を抜いて、わたくしの帰りを待ちうけている――。

蒼白《そうはく》になった佳世に向かって、留吉が獣のような声を張り上げた。

「ばーた、ででけ。でーけ、ばーた」

売女《ばいた》、出てゆけ――佳世ははじめて、留吉の言葉を正確に聞き取ることができた。

忌まわしい情事の光景が浮かび上がる。罪悪感に打ちのめされ、一歩二歩、後ずさりをすると、佳世は踵《きびす》を返して木戸の外に飛びだそうとした。

そのときである。

「帰ったのか、佳世。苦しい……来てくれ……」

風雨をついて、新左衛門の消え入りそうな声が聞こえた。

佳世はよろめいた。胸に熱いものがこみ上げる。斬られてもいい、と、その瞬間、思った。夫に斬り殺されるなら本望だ……。

転げるように、佳世は厨《くりや》へ駆け込んだ。

五

発作が鎮まると、新左衛門は静かに目を閉じた。

「おまえがいてくれて助かった……」

佳世ははっと目を上げる。

「朝方も血を吐いた。おまえがおらぬので留吉が世話をしてくれたが……やはり、おまえのほうがよい」

「申し訳ございませぬ」

応《こた》えたとき、胸にひらめくものがあった。

井戸端で留吉が夫の着物を洗っているのを見たとき、咄嗟《とっさ》に、夫が猫を斬り殺し、その返り血が着物に跳ねたのだと思った。が、あれは、新左衛門が血を吐いたとき汚した着物だったのだ。

猫は斬り殺されたのではない。口から血を吐いて死んでいた。なにか悪いものを食べたのではないか。悪いもの？　猫は朝、粥《かゆ》を食べた。佳世が新左衛門に食べさせようとした粥である。粥を作ったのは……。

「どうした。おまえが出かけたことを咎《とが》めておるのではないのだ」

「はい……」

「なんぞ気がかりなことでもあるのか」

「いえ……」

思わず否定したものの、やはり訊《き》かずにはいられなかった。

「あの……気がかりと申せば……先日おおせになられたことが……」

「先日？　はて、なんぞ申したか」

「妻敵討《めがたきうち》、と……」

新左衛門はいぶかしげな顔をした。ややあって、かすれた笑い声をあげる。病んで以来、新左衛門が声を出して笑うのははじめてだった。

「あれか。あれは、猫を……斬ろうと、考えたのだ」

「猫ッ」

佳世は目をみはる。新左衛門は唇に自嘲《じちょう》の笑いを浮かべた。

「病んでおるとはいえ、侍の端《はし》くれともあろうものが……だが、おれは猫に嫉妬しておったのだ。おまえとおれと猫——おれだけが除《の》け者《もの》にされたような気がしての。おまえが猫を可愛がるのを見ると、頭にかっと血がのぼる。そこで、真剣に考えた。妻に大事にされている猫を斬り捨てたら、妻敵討になるだろうか、と

……」

佳世は言葉を失っていた。呆然《ぼうぜん》と夫の顔を見返す。

「おまえを抱きたい。なのに抱けぬ。ところがどうだ。猫は毎晩抱かれて寝ている。許すものかと逆上しての、真夜中に寝所へ斬り込もうとしたこともある。ふふ、猫に嫉妬するとは笑止千万」

「新左衛門さま……」

佳世は夫の胸に身を投げかけていた。

「猫を抱きながら、わたくしはいつもあなたさまのことばかり思うておりましたのに……」

新左衛門は妻の体を引き寄せた。病人とは思えぬ力だった。が、抱きしめようとして激しく噎《む》せる。佳世は跳ね起き、夫の背をさすってやった。

「水をお持ちいたしましょうか」

「よい。それより、これからは、猫に焼き餅《もち》を焼くのはやめにしよう」

佳世ははっと我に返った。

「あの猫は……」

死んだ――と、いおうとしてためらう。

「どこへ行ったのか、姿が見えませぬ」

応えたとき、足音が聞こえた。ひた、ひた、と忍びやかな音だ。留吉である。留吉は襖《ふすま》の前まで来てうずくまった。

「留吉か。入れ。今、猫の話をしておったのだ。姿が見えぬそうな。この雨で、どこぞで迷うておるやもしれぬ。捜してやれ」

「へ」と、留吉はしゃがれた声を発した。襖が開き、顔をのぞかせる。留吉は佳世を見なかった。敷居際に膝《ひざ》をつき、神妙な顔で粥の入った器をのせた盆を差し出した。

「腹はすかぬが……」

新左衛門はちらりと妻を見て苦笑をする。

「病を治さねば、また仲間外れにされる。ひと口、食べるか」

佳世は顔色を変えた。夫の手を押し退け、盆を奪う。粥が畳に飛び散った。

「申し訳ございませぬ」

懐紙で跳ね飛んだ粥を拭《ふ》き取る。

「只今《ただいま》、わたくしが新しい粥をお持ちいたします」

あっけにとられている夫を残して、逃げるように席を立った。


留吉だ――と、佳世は確信した。

むろん、留吉は新左衛門を毒殺しようとしたのではない。だが、病が癒《い》えたらどうなるか。昔のように、新左衛門は妻とむつみ合う。留吉の入り込む余地はなくなる。それればかりではない。病が癒えれば、新左衛門は寮を去る。留吉は再び見捨てられる。

もし、ごく微量の毒で、新左衛門をこの家に縛りつけることができるとしたら……。

留吉は狂っている――。

佳世は身ぶるいをした。

どうすれば留吉を夫から遠ざけることができるのか。ありのままを話しても、新左衛門が信じるとは思えない。強引に信じさせようとすれば、佳世自身の、あの忌まわしい情事も明るみに出てしまう。事情を告げぬまま留吉を放逐できればそれにこしたことはないが、寄る辺《よるべ》のない老僕を訳もなく解雇することを、新左衛門が許そうはずがなかった。

炊きあがった粥を持って新左衛門の寝所へ行く。二度の発作で精根尽き果てたのか、夫は軽い寝息をたてていた。

襖を細く開けて廊下を見まわし、庭に視線を凝らす。留吉の姿はなかった。雨は今や豪雨となり、庭は霧がたちこめたように白く煙っている。

厨へ戻り、粥を鍋《なべ》へ戻すと、佳世は着物の上に汚れよけの着物をまとい、お高祖頭巾《こそずきん》をかぶった。勝手口から裏庭へ出る。

猫の死骸《しがい》は、まだもとの場所にあった。雨が血を洗い流したせいか、猫は眠っているように見えた。耳をぴくつかせ、みゃあごと鳴いて、今にも起き上がりそうだ。

歩み寄り、抱き上げる。死んだ猫は重い。佳世はふっと、過ぎ去った日々の重さを思った。

目を覚ませば、新左衛門は「猫は見つかったか」と訊《たず》ねるだろう。嫉妬《しっと》しようが憎もうが、猫はやはり、二人の幸せな過去につながる縁《えにし》である。血を吐いて死んだと聞けば、衝撃を受けるにちがいない。猫は誇り高い。死期を悟れば人知れず姿を消すという。せめて毅然《きぜん》として去って行ったのだと、夫には伝えたかった。

穴を掘って埋葬してやろうか。だが、一人で穴を掘るのは容易ではない。川へ流すことにした。厨へ戻り、傘を手に木戸をくぐる。林道と畦道《あぜみち》をぬけ、大川の土手へ向かった。晴れた昼間でさえ人通りのまばらな田舎道は、豪雨の今、地の果てさながら閑散としている。

土手の上へ出て眺めると、川は水かさが増し、猛《たけ》り狂ったように渦巻いていた。吹き矢のように突き刺さる雨に、川面《かわも》が水煙を跳ね上げている。

土手っぷちに突き出した大木のそばまで行き、猫の死骸を川へ放り投げようとしたときだった。せわしい息遣いが聞こえた。川面から視線を戻した佳世は蒼白《そうはく》になった。

雨幕の向こうに留吉がいた。落ち葉の灰をかき集めるときに使う万能《まんのう》を担いでいる。肩が大きく上下するたびに、半開きになった唇から白い息がこぼれた。留吉の顔は……もはや正気の人間の顔ではなかった。

手から猫の死骸がすべり落ちた。落ちたことすら気づかなかった。恐怖が突き上げる。粘ついた唾《つば》が喉《のど》にからみ、佳世は声にならない悲鳴を上げた。

留吉は万能の柄を握り替え、腰を落として身構えた。櫛《くし》のような刃の間から、憎悪にたぎる双眼がのぞく。息遣いはさらにせわしくなった。留吉が万能を突き出した瞬間、佳世は素早く身を伏せた。足がすべって、足元の小石が川面に落ちた。留吉はすぐさま体勢を立て直し、二度目の突きをくりだした。今度は避《よ》けきれず、刃先が額をかすめた。痛みを感じる前に、血が目の中に飛び込み、網膜が赤く染まる。だが、豪雨が幸いしたのか、留吉の突きはわずかに脇へ逸《そ》れていた。

今、ここで、死ぬわけにはいかない――。

佳世は留吉をにらみつけた。新左衛門の顔が脳裏に浮かぶ。死ねば、夫はあの家とともに朽ち果てる。石の重みにひしゃげた茅葺《かやぶき》屋根のように、留吉に押しつぶされて――そう思った瞬間、烈しい憎悪がこみあげた。

佳世は豹変《ひょうへん》した。猫のように留吉に飛びかかる。万能の柄をつかんで振りまわすと、思わぬ反撃に留吉はあえなくよろめき、地面に膝をついた。だが、留吉はあきらめたのではなかった。佳世の足にしがみつく。足首をつかんだまま、土手っぷちへ這《は》い寄る。雨滴が絶え間なく視界をさえぎり、ぬかるんだ地面が二人の足をとらえた。万能はすっ飛び、二人はもみ合いながら、今にも川へ転がり落ちようとしていた。

佳世は死に物狂いで大木の幹に腕をまわした。土手から半ばずり落ちかけた佳世の腰に留吉ががっしりしがみついている。留吉の足は川面すれすれまで落ち、二人の体はしぶきを浴びてぬれそぼっていた。

留吉の腕を振り放そうと、佳世はもがいた。もがきながら留吉を見下ろす。雨滴のしたたる白髪、苦痛にゆがんだ顔、湾曲した背中、佳世の腰に必死でしがみつく枯れ木のような腕……留吉の眸《め》は、助けてくれと哀願している。

一瞬にして殺意が吹き飛んだ。思えば、留吉は人にはいえぬ辛酸を嘗《な》めてきたのだ。希望のない人生のたったひとつの喜び……それを、佳世に奪われたのである。新左衛門が嫉妬に駆られて猫を斬り捨てようとしたように、留吉も嫉妬に憑《つ》かれ、佳世を追い出そうと企《たくら》んだ。

わたくしは夫を裏切った。留吉が憎むのは無理もない——。

殺意が消えると、突如、哀れみがこみあげた。

佳世は力を振りしぼって、土手の上に這い上がった。佳世に助けられ、留吉も肩をあえがせながら土手の上に登る。二人は放心した顔で、荒れ狂う黒い川を眺めた。

と、そのときである。

留吉がいきなり両手を突き出した。

不意をつかれた佳世には避ける間がなかった。留吉の両手が体に届いていたら、奈落《ならく》の底へ突き落とされていたにちがいない。

だが、両手が佳世の体に届く寸前、留吉は猫の死骸につまずいた。ぐらりとよろめき、死骸ともつれ合うように川へ落下する。咆哮《ほうこう》のような悲鳴につづいて水音が聞こえ、しぶきが空へ跳ね上がった。

佳世はくずおれるように膝をついた。しばらく、なんの感慨も湧いてこなかった。

ようやく我に返って立ち上がったとき、顔や手足、着物にこびりついた血と泥は、豪雨に洗い流されていた。

忌まわしいあのことも、雨は、洗い流してくれようか。

夫婦の命を、命より大切な絆《きずな》を、守ってくれたのはあの猫――。

新左衛門への思いがあふれ、それは涙となって頬をぬらした。

髷《まげ》はくずれ、着物ははだけ、下駄は大木の根元に転がっている。襟元をととのえ、髪をかき上げ、下駄を履いた。拾い上げた傘を開こうとしてやめ、つぼめたまま小脇に抱える。

雨に打たれながら、佳世は夫の待つ家へ帰って行った。

佃《つくだ》心中

一

板のきしむ音がして、山下半左衛門《はんざえもん》は足を止めた。

材木置場で人影がふたつ、蠢《うごめ》いている。

風に飛ばされたのか、目隠しの莚《ござ》が足元に落ちていた。

半左衛門は見るともなく目を向けた。上になった影がせわしく動いている。と思うや、影がひとつになった。

「さ、もうお行き」

ざらついた声が聞こえ、衣擦《きぬず》れの音がする。

暗がりから女が這《は》い出して来た。女は胸元にはさんだ手拭《てぬぐ》いで無造作に太股《ふともも》を拭い、ぞろりとした着物の裾《すそ》を下ろして下半身を隠した。

つづいて大工か左官か、職人風の若い男があらわれ、身繕いもそこそこに去ってゆく。

女は男の後ろ姿には一瞥《いちべつ》もくれず、地べたへしゃがんで、手前から莚をくるくる巻き上げた。半左衛門の足元まで来て手を止め、ゆっくり目を上げる。視線を上下させ、値踏みするように眺めた。

「おや、うれしいねえ。待っててくれたのかい。そんなら二十文にまけてやるわさ」

思わせぶりに膝《ひざ》を開いて、片手を差し出した。月明かりに、荒れた唇と目の下のたるみがくっきりと浮き上がった。若くも美しくもない、薄汚れた女だった。

半左衛門が黙していると、女は莚を抱えて立ち上がった。流し目を送り、しなをつくって見せる。

「早くしとくれ。夜が明けちまうよ」

半左衛門は背を向けた。

するとたんに、女は豹変《ひょうへん》した。

「へん、のぞいただけで帰ろうってのか。だから、へっぴり侍は嫌いさ。てめえなんざ、立つもんも立たなくて女房に逃げられたってえ面《つら》だよ」

唾《つば》を吐き捨て、手拭いを口にくわえる。暗がりへ引っ込もうとした。

と、そのときだった。刀身が閃《ひらめ》いた。弧を描いて、闇を切り裂く。

断末魔のひと声を発して、女は昏倒《こんとう》した。

半左衛門は大きく後方へ反り返った。たたらを踏んで尻餅《しりもち》をつく。はじめて人を斬った衝撃に圧倒されたのだ。

我に返り、呆然《ぼうぜん》と骸《むくろ》を見つめる。

それにしても、なぜ、夜鷹《よたか》など手にかけたのか。

「へっぴり侍」と罵倒《ばとう》されたからか。それもある。「立つもんも立たない」と蔑《さげす》まれたからか。それもあった。が、それだけではないような気がした。

数年来、煮えたぎっていた怒りが、「女房」といった女のひと言で、一気に噴きこぼれたのである。

半左衛門は息をはずませ、そろそろと立ち上がった。

刀身を鞘《さや》へおさめようとしたとき、刃先にたれる赤黒い血に気づいた。

夜鷹の血である。が、それは、自分の体から流れ出た血のように思えた。懐紙で刀身を拭って鞘へ戻し、腰に落とし込む。

幸い人影はなかった。なに食わぬ顔で歩きだす。

日中はまだ蒸し暑いが、夜風にはすでに秋の気配があった。歩いているうちに汗が引き人心地が戻ってくる。いつのまにか体が軽くなっていた。夜鷹への哀れみはなく、人を斬った昂《たかぶ》りが胸を満たしている。

この数年、ついぞ忘れていた感覚だった。

半左衛門の家は深川黒江町の次郎兵衛店《じろべえだな》にある。裏店の住人は、灯油を惜しんで四つどき（午後十時）には寝てしまう。淡い月光に照らされた路地には、猫の子一匹いなかった。

半左衛門は溝板《どぶいた》を踏んで奥まった我が家の前まで行き、破れ戸に手をかけた。建て付けの悪い戸の隙間から、行灯《あんどん》の灯がもれていた。夫の帰りを待ちながら、妻女の鈴江《すずえ》が仕立物の内職に精を出しているのだ。

戸を開けようとしてやめ、井戸端へ行って釣瓶《つるべ》をたぐった。喉《のど》を鳴らして水を飲み干し、袴《はかま》の裾と足に水をかけてこびりついた血を洗い流す。

家へ戻って戸を開けるときは、胸がざわめいた。音を立てぬよう戸を持ち上げ、するりと中へ入る。

いつもなら、戸を蹴飛《けと》ばして入り、とっつきの板床へどかりと腰を落とす。妻女には目もくれず、下駄を脱ぎ捨て、編笠《あみがさ》と太刀を放り出して、大の字に引っくり返る。それは妻女への八つ当たりであり、当てつけでもあった。

世が世なら、かようなところでくすぶってはおらぬ――。

鬱憤《うつぷん》は皮肉な口調や荒々しい仕種《しぐさ》にあらわれるのだが、今宵《こよい》は特別な夜である。音を立てずに入ったので、鈴江は半左衛門が戻ったことに気づかなかった。帷子布《かたびらぬの》姿でこちらに背を向け、部屋の隅に置かれた長持をのぞき込んでいる。なんとなく声をかけそびれていると、長持の中から小袖《こそで》を取り出し、はらりとひろげた。魅入られたように眺めている。

見たことのない小袖だった。もっとも妻女の着るものに関心を抱いたことはない。落ちぶれてからというもの、着物や道具類はほとんど食い扶持《ぶち》代わりに消えてしまった。どうせろくなものはないはずだ。

ところが小袖は白の結城紬《ゆうきつむぎ》を手《て》描友禅《がきゆうぜん》で濃紫《こむらさき》に染め、裾に女郎花《おみなえし》をあしらったもので、あきらかに上物だった。

古着など買う銭はないはずだ——。

首をかしげたとき、鈴江が振り向いた。小袖をあわてて長持へ戻し、狼狽《ろうばい》もあらわに畳に両手をつく。

「おかえりなさいまし」

鈴江は襟元と裾を整え、乱れた髷《まげ》に手をやった。

「どこぞへ参っておったのか」

半左衛門が訊《たず》ねたのは、鈴江がほんのりと化粧をしていたからである。

「いえ。はい。仕立物を届けに」

鈴江は目を伏せたまま応《こた》えた。行灯の明かりがゆらめき、鈴江の白い顔に、夫への反感と脅《おび》えが浮き上がったように見えた。

口に出して訊ねたことこそなかったが、半左衛門は、自分が妻に疎まれていると思い込んでいた。他の男に嫁いでいれば妻はかような憂き目に遭わずに済んだ。その負い目があるせいだ。後ろめたさが苛《いら》立《だ》ちとなり、苛立ちが八つ当たりになる。だが今宵は、自分でも不思議なほど腹が立たなかった。

「油を無駄遣いするな」

ひと言文句をいっただけで、行灯の灯を吹き消した。

鈴江は布団を敷きのべる。

半左衛門は黴臭《かびくさ》い布団の上に仰向けになった。四肢を伸ばして目を閉じると、夜鷹を斬った瞬間の手応えがよみがえってきた。

「来い」

自分でも驚くほどきっぱりした口調で命じる。

布団は一枚しかない。鈴江が片端に体を差し入れると、白粉《おしろい》の匂いが鼻をくすぐった。

半左衛門は妻の体に手を伸ばした。

鈴江ははっと身をこわばらせた。隣り合わせに寝ていながら、ほぼ一年余りも妻の体にふれていない。

浪々の身となってからというもの、半左衛門は妻が抱けなくなっていた。気持ちばかりが逸《はや》って、いざとなると萎《な》えてしまう。鈴江はなにもいわないが、以来、自分を見る妻女のまなざしに憐憫《れんびん》がこもっているような気がした。それがますます焦燥を駆り立てる。自分を放り出した主家への怒りと夫としての不甲斐《ふがい》なさが雪達磨《ゆきだるま》のようにふくらんで、今や手をふれることさえできなかった。

だが、その夜。

半左衛門は勢いよく夜具を押し退けた。手荒く鈴江の腰紐《こしひも》を解く。白い裸身に迷わず挑みかかった。

おれは人を斬った――。

夜鷹を斬った昂りが自分を変えたのだと、半左衛門は思った。

半左衛門は貧乏御家人《ごけにん》の家に生まれた。父親は小普請《こぶしん》。小普請とは無役の直参《じきさん》で、お役に就く代わりに小普請金を納め、かろうじて武士の風下にひっかかっているような軽輩である。なんとかお役を得ようと父は組頭《くみがしら》の家に日参していたが、先立つものがないため相手にされなかった。どの世界でも銭がものをいう。

もっとも、半左衛門は次男だったので、家がどうなろうが関係はなかった。どうせ部屋住みの身である。剣術の稽古《けいこ》に励み、学問に熱中したのは、あわよくば養子の口にありつきたい、それを足がかりに立身出世したいとの野心を抱いていたからだ。

二十四になったとき、三千石の旗本である高柳《たかやなぎ》家の用人、山下市太夫《いちだゆう》から養子の話が舞い込んだ。半左衛門は小躍りした。高柳家は直参だが、山下家は又者《またもの》である。とはいえ大身の旗本家の用人は、無役の御家人よりはるかに裕福だ。

養子となるにはだが、ひとつ条件があった。用人の遠縁にあたる鈴江を妻に迎えよというのだ。形の上では夫婦養子ということになる。鈴江は高柳家の奥向きに仕え、薹《とう》がたっているという話だが、そんなことは気にもならなかった。

半左衛門はふたつ返事で承諾した。

二人は祝言を挙げた。半左衛門は二十五、鈴江は二十四だった。

婚礼の当日まで、半左衛門は鈴江の風貌《ふうぼう》や人柄に関心を抱かなかった。多少性格が悪かろうが、あばた面だろうが構わぬ。妻女とは所詮《しょせん》、出世の手蔓《てづる》にすぎぬと割りきっていたからだ。

ところが、ひと目見て驚いた。鈴江は美人の上に、性格も非の打ち所がなかった。挙措には品があり、もの静かでいながら芯《しん》は強そうだ。夫のすることに異を唱えず、余計な口出しをしない。控えめだが、旗本の奥向きに上がっていただけあって、家事の切り盛りや使用人の扱いは手慣れたものだった。

半左衛門は有頂天になった。突然ころがりこんだ幸運が信じられなかった。強欲で口うるさい市太夫の意を損なわぬよう懸命に働き、鈴江については、壊れ物を扱うように大切にした。

幸運はだが、長くはつづかなかった。市太夫の悪事——真偽のほどは定かでないが、高柳家の家宝を偽物にすり替えたり、御用商人と結託して私腹を肥やしたりという——が発覚し、市太夫は切腹、山下家は改易《かいえき》。半左衛門も追放されてしまったのである。

これまでの努力はなんのためだったのか。

半左衛門は歯ぎしりした。市太夫に裏切られた。が、鬱憤をぶつけたくても、当の市太夫は詰め腹を切ってしまった。ぶつけようがない。持って行き場のない怒りは、一直線に鈴江に向かった。なまじそれまで床の間に飾って奉ってきただけに、憎しみがわいたのである。

もしこのとき、鈴江に非があれば、かえってことは簡単に済んだかもしれない。怒りを思うさまぶつけ、面と向かってなじることができれば、半左衛門の憎しみは霧散したはずだ。だが鈴江はあまりに完璧《かんぺき》だった。落ちぶれても愚痴ひとついわず、けなげに夫に仕えた。それが半左衛門の心に後ろめたさを植えつけた。自己嫌悪は苛立ちとなり、憤懣《ふんまん》となり、さらには憎悪に変わる。

裏店《うらだな》暮らしがはじまると、酒量が増えた。仕官の口を探すといい訳をして、出かけるたびに酒を飲む。女を買う。旗本屋敷の中間《ちゅうげん》部屋にもぐり込んで、博打《ばくち》に興ずることさえあった。わずかばかりの蓄えはみるみる減じてゆく。

はじめのうちはそれでも、用心棒をしたり、剣道指南の真似事をした。だが次第に働くことが馬鹿馬鹿しくなった。借金が増えれば、知人も門戸を閉ざす。実家は貧しく、もとより当てにはできなかった。着物が一枚消え、二枚消え、武具や書物、陶器の類もひとつふたつと姿を消した。今では鈴江の仕立てなおしの内職で得た銭だけが頼りになっている。

心はすさんだ。

目つきが鋭くなった。

四六時中、苛ついている。

人を斬り殺した余勢を駆って妻を抱く男は、もはや人より獣に近かった。

二

竈《かまど》にかけた湯が音を立てている。

西陽が障子を赤く染めていた。

木々の葉が色づき、雁《かり》の群れが空を渡り、井戸端に霜が下りる季節である。

半左衛門は草鞋《わらじ》の紐をきつく結わえた。

鈴江が太刀を手渡す。太刀を手に、半左衛門は腰を上げた。

「お帰りは……」

鈴江が訊《たず》ねた。

「わからん」

不機嫌な声で応《こた》え、ふと振り返った。念入りに結い上げた妻の髪に目をやる。

「出かけるのか」

「いえ……」

鈴江は目を伏せた。

半左衛門は肩をすくめた。

「今宵《こよい》は帰れぬやもしれぬ。まとまった金子《きんす》が手に入ることになっている」

「はい」と応え、鈴江はわずかに逡巡《しゅんじゅん》したのちに、「あのう……」とつづけた。

「忘れておりました。今宵はわたくし、仕立物を届けに参らねばなりませぬ」

「夜道に気をつけよ」

おざなりにいうと、鈴江は「あなたさまも」と夫の目を見返した。

「近頃、人斬りが横行しているとの噂がございますゆえ……」

半左衛門のこめかみがぴくりとふるえた。そそくさと路地へ出る。

井戸端で談笑していた裏店の女房どもは、半左衛門の姿を見るやいっせいに口を閉ざした。大柄で逞《たくま》しい体つき、強面《こわもて》の浅黒い顔。総髪を後ろでひとつにくくり、いつ出会っても苦虫を噛《か》み潰《つぶ》したような顔をした浪人を、女たちは恐れている。

半左衛門は苛立《いらだ》ちのこもった一瞥《いちべつ》を浴びせると、大股《おおまた》で路地をぬけ、木戸をくぐった。

鈴江にはまとまった金子が入るといったが、仕事があるわけではない。行く当てもなかった。酒代もなければ女を買う銭もない。

大川端を歩きながら思案する。吉田町あたりへ行ってみようと、半左衛門は思った。

なにも、銭を得る手段がないわけではないのだ。

闇が濃くなるにつれ、心が浮き立ってきた。怒りや焦燥や後ろめたさが影をひそめると、はじめて夜鷹《よたか》を斬り殺して以来馴染《なじ》みとなった、颯爽《さっそう》たる自信がふつふつと沸き上がってきた。

人斬りの魔力に取りつかれたのは、まさにあの夜からである。

はじめは、自分はどうかしていたのだ、と思った。再び同じことをしでかそうとは思いもしなかった。

ところが十日経ち、二十日が経つと、体の芯から煮え立つ音が聞こえてきた。

仕官の口は見つからない。ろくな仕事にありつけない。鈴江は細々と内職をしながら、日々の糧《かて》を稼いでくる。

おまえさまは、それでも男ですか。役立たず、穀潰《ごくつぶ》し、ろくでなし……罵倒《ばとう》してくれたら、どれほど心が軽くなったか。

だが鈴江は、ときに卑屈にさえ見えるほど従順で甲斐甲斐《かいがい》しかった。しかも、掃き溜《だ》めのような裏店暮らしをしていながら、近頃、めきめきと艶《あで》やかさを増している。

久々に妻を抱いたあの夜から、鈴江は変わったように見えた。うなじの白さ、体の線のまろやかさ、首筋にふたつ並んだ黒子《ほくろ》まで、妙に気をそそる。

あれ以来、半左衛門は妻を抱きたいという衝動を抑えることができなかった。そのくせ手が出せない。妻を抱くには心の昂《たかぶ》りが必要だった。人を斬ったときの手応え、心が浮き立ち、自信がふくらんでゆくあの感覚が、なんとしても必要だった。

夜鷹を斬り殺してひと月余り経った頃、半左衛門は岡場所をうろつき、廓《くるわ》から出て来た男を斬った。氏素性《うじすじよう》はわからないが浪人者である。待ち伏せし、あとを尾《つ》け、人けのないところでいきなり背後から斬りつけた。袈裟《けさ》懸《が》けの一太刀。

夜鷹を斬ったときと比べ、危険が大きい分だけ昂りも大きかった。その夜、半左衛門は妻を抱き、幾度となく声をあげさせた。

三度目は、それから二十日余りが経ってからだ。場所は山谷《さんや》堀《ぼり》。吉原帰りの男である。待ち伏せ、あとを尾ける手順は前回同様。斬ってからはじめて、男が裕福な商人《あきんど》だとわかった。絶命した男の懐から、ふくらんだ財布が転げ落ちたのである。

立ち去ろうとして、半左衛門は思いなおし、財布を拾い上げた。金子を懐へ納め、財布を川へ放った。

江戸市中で、人斬りの噂がささやかれるようになったのは、この頃からである。四度目ともなると、慎重にことを運ばねばならなかった。内藤新宿まで出かけ、旅籠《はたご》の周囲をうろついて獲物を物色した。ひ弱な男を斬るのはすでに飽き足らなくなっている。屈強な侍なら相手として不足はないが、へたをすればこちらがやられてしまう。酒をしこたま飲み、女に精気を吸い取られた侍が獲物としては最も好ましく、そうなると自然、場所は岡場所のある新橋や飯盛女《めしもり》のいる旅籠の並ぶ四宿、吉原の界隈《かいわい》、時刻は夜更けということになった。

内藤新宿で目をつけた男は旗本の次三男らしい。お忍びの遊興か、着流しに脇《わき》差《ざし》を無造作に落とし込み、居丈高な態度で飯盛旅籠の暖簾《のれん》をくぐるのを見て、肚《はら》が決まった。

男が旅籠を出たのは、空が白みはじめた頃だ。

半左衛門は、朝霧に隠れてあとを尾け、紀尾井坂《きおいざか》へ曲がる角で男を仕留めた。

やはり袈裟懸けの一太刀である。骸《むくろ》を転がし、懐を探って財布をぬき取る。財布には二分金が二枚しか入っていなかった。半左衛門は金子を懐へ入れ、財布をもとの場所へねじ込んで、その場を立ち去った。

銭は二の次である。だが一度覚えた味は忘れられなかった。懐が空になれば、手っとり早く稼ぎたくなる。間隔は一回毎にせばまった。

今宵は五度目。

風が出てきた。柳がざわめいている。

吉田町の岡場所へ着いたのは、暮れ六つ時分だった。細い路地の両側に張見世《はりみせ》が並んでいる。風の音に混じって、遊女の嬌声《きょうせい》や酔客の哄笑が聞こえ、あたりは人いきれで噎《む》せかえっていた。

半左衛門は路地をうろついた。しばらく行ったり来たりしたものの、これぞという獲物は見つからない。下手に長居をすれば怪しまれる恐れがあった。

岡場所帰りの男にこだわることもあるまい――。

岡場所を出て、半左衛門は土手道をぶらぶらと歩いて行った。

吉田町から佃《つくだ》につづく一帯は、日本橋や神田の大店《おおだな》の寮が多い。ゆったりと間を置いて黒板塀をめぐらせた家が並んでいる。人目を忍ぶ男女が逢《あ》い引きに使う料理茶屋があるのもこのあたりだ。

密会のあとなら男女が一緒に出て来ることはまずない。女を駕籠《かご》で帰し、その後で男が帰ってゆく。幸い岡場所とちがって、あたりは森閑としていた。

こいつはもってこいだ――。

隠れ家ふうの茶屋を見つけ、入口を見張ることにした。

風が唸《うな》っている。うすら寒い季節になっていたが、半左衛門の胸は熱い血で煮えたぎっていた。

四半刻《しはんとき》ほど待っていると、門が開き、灯影《ほかげ》が揺れた。武者震いをして、刀の柄《つか》に手をかける。

茶屋から出て来たのは、三十前後と見える侍だった。痩《や》せ型で上背がある。頭巾《ずきん》をかぶっているので顔は見えないが、立ち姿に気品があった。侍はなにかに心をとらわれているらしい。重い足取りで、半左衛門のすぐ脇を通りすぎた。

はじめから面と向き合って勝負をするつもりはなかった。あとを尾け、背後へ忍び寄って一太刀で斬り捨てる肚である。

半左衛門は鯉口《こいぐち》を切った。刀身を引きぬき、呼吸を整える。暗闇へ飛び出し、刀を大上段に振りかざした。

まさに振り下ろそうとしたときだった。

耳をつんざくような悲鳴が聞こえ、半左衛門は棒立ちになった。思わずひるんだそのとき、侍の手から提灯《ちょうちん》が高く舞い上がった。と、次の瞬間、右足に激痛が走った。

一瞬のことで、なにがなにやらわからない。気づいたときは、刀を取り落とし、その場に転倒していた。

薄れてゆく意識の中で、半左衛門は、茶屋の門口から飛び出して来た女の姿を見た。

あっと目をみはったのは、女の着ている小袖に見覚えがあったためである。

女は小袖をひるがえし、髪を振り乱してまろびつつ駆けて来る。半左衛門のかたわらを駆け抜け、血のしたたる太刀を手に呆然《ぼうぜん》と佇《たたず》む侍の胸に飛び込むや、ひしとしがみついた。

足元に転がった提灯が、女の後ろ姿を照らし出す。白いうなじに黒子がふたつ――。

驚愕《きょうがく》の波が襲ってきた、と思った瞬間、半左衛門の意識は途絶えた。

三

霜月《しもつき》。江戸に初雪が降った。

汚物の臭気ただよう路地裏も、雪の朝はそれなりの風情がある。

雪のように、我が身の汚れを隠してくれるものがないものか。

鈴江は引き戸を持ち上げて閉め、薄暗い家の中へ戻った。

半左衛門は眠っていた。頬がこけ、眼窩《がんか》が落ち窪《くぼ》んで骸骨《がいこつ》さながら、がっしりした鼻梁《びりよう》だけが際立っている。

鈴江は、不思議なものを見るように、夫の顔を眺めた。

半左衛門が高柳家の嫡男、重五郎忠雄《じゆうごろうただかつ》に返り討ちされてから、十日余りが経っている。あの夜の驚愕を思い出すと、いまだにふるえがきた。

あのとき、情事の余韻に体を火照《ほて》らせながら、鈴江は門の陰から忠雄を見送っていた。吐息をつき、踵《きびす》を返そうとしたとき、太刀を振りかざした男が忠雄に襲いかかろうとしたのである。鈴江は悲鳴を上げた。

はじめは、このところ巷《ちまた》を騒がしている人斬りかと思った。が、返り討ちに遭って倒れている男を見たとき、鈴江は蒼白《そうはく》になった。

では、夫は気づいていたのだ。いつから知っていたのだろう。改易《かいえき》となって以来、半左衛門は鈴江に冷淡になった。ということは、自裁するにあたって、山下市太夫がすべて打ち明けたにちがいない。

娘時代、鈴江は高柳忠雄の寵《ちょう》を受けていた。鈴江への若殿の執心を利用して、市太夫は権勢を手にした。が、それは、正室や他の重臣の反感をあおる結果となった。このままでは鈴江に危害が加えられる恐れがある。市太夫は鈴江を引き取り、半左衛門にめあわせた。だが鈴江は危難から逃れたが、市太夫が破滅に追い込まれた。

鈴江は半左衛門に後ろめたさを感じていた。なにがあっても逆らうまい、忠雄との過去は忘れ、よき妻となるよう思いを定めた。実際、その通り、身を粉《こ》にして尽くしてきたのである。忠雄が鈴江を見つけ出し、あの、思い出の小袖《こそで》を届けて来るまでは――。

小袖は、高柳家に出入りしている商人から手に入れたものだ。忠雄の前で、何度か手を通した。半左衛門に嫁ぐときあえて持参しなかったのは、忠雄の思い出が色濃くしみ込んでいたからだ。

なにゆえ、あのお方の誘いに応じてしまったのか。

忠雄への恋が再燃したわけではなかった。夫は自分に手をふれようとしない。疎まれ、憎まれている。それが、耐えがたかった。

あの小袖を見たとき、体の奥で熱いものが燃え立った。鈴江はふらふらと忠雄に抱かれた。

一旦《いったん》抱かれてしまうと、堰《せき》がくずれた。相手は大身の旗本家の嫡男である。無下《むげ》に振り捨てるわけにはいかない。一度は二度になり、二度は三度になった。

そしてとうとう、半左衛門に気づかれ、逆上させたあげく返り討ちというむごい目に遭わせてしまったのである。

「お許しください。許して……」

鈴江は胸のうちで両手を合わせた。

と、そのとき、半左衛門がうめいた。額に汗の粒が浮かんでいる。

鈴江は手拭《てぬぐ》いで汗を拭った。その手を裏返し、額に甲をあてる。わずかながら熱が引いていた。

夫がこのまま死ねば自分も生きてはいられぬと、鈴江は思った。覚悟はできていた。いずれにせよ、自分には死しかない。夫が完治したら、そのときは潔く斬られるつもりだった。

閉じきらない戸の隙間から、雪が吹き込んでいる。

意識を回復したのは、その二日後である。

「鈴江……か」

ぼんやり天井を見つめ、半左衛門はつぶやいた。

鈴江は枕辺《まくらべ》へにじり寄った。

「お気がつかれましたか」

動悸《どうき》を鎮め、夫の顔をのぞき込む。

半左衛門も妻の顔を見返した。

「夢を見ていた。おまえに呼ばれたような気がした」

穏やかな声でいう。

「いや、おまえではなかった。が、よく似ていた。姿も、着ているものも……」

鈴江は息を呑《の》んで夫の顔を見つめている。体が金縛りに遭ったようにこわばっていた。

半左衛門は上半身を起こそうとして、「うっ」と顔をしかめた。

「いけません。まだ、起きるのはご無理にございます」

半左衛門はうめいた。深々と吐息をつきながら、再び身を横たえる。しばらく目を閉じて思案していたが、思い余ったように、

「わからぬ」

と、つぶやいた。

鈴江ははじかれたように夫の顔を見た。

「おれは……どうして家におるのだろう」

半左衛門の顔に怒りはない。けげんな色があるだけである。

真意を量りかね、鈴江が逡巡《しゅんじゅん》していると、半左衛門は視線を宙にさまよわせた。

「あの夜、おれは……たしかに返り討ちに遭うた。おれを斬ったのはだれだ。死にかけたおれをここへ運んだのはだれだ」

実は半左衛門もこのとき、妻がどこまで知っているか、量りかねていたのである。人斬りだとばれているなら、お裁きを受け、牢《ろう》にぶち込まれているはずである。その場で殺されていたとしても不思議はない。それが今、自分の家で、妻に介抱されている。

すると、返り討ちしたあの男にも人目を忍ぶ子細があって、逃げてしまったと

でもいうのだろうか。それにしても、なぜ自分が次郎兵衛店《だな》に住む山下半左衛門だとわかったのだろう。だれが自分をここまで運んでくれたのか——。

一方、夫の顔を注意深く見守りながら、鈴江は、胸に微《かす》かな火が灯《とも》るのを感じていた。少なくとも忠雄の正体には気づいていないらしい。

鈴江もあわただしく思案をめぐらせた。

「あなたさまをここへ運んでくださったのは、茶屋の手代です。通りがかりのお人が、人斬りに襲われて重傷を負われたあなたさまを見つけました。そのお人は、たまたまあなたさまのお顔を見知っておられましたそうです。近くの茶屋へ知らせ、それで、茶屋の方々がこちらへお運びくださったのです」

半左衛門は目をみはった。

「今、なんと申した」

「え？」

「おれが、人斬りにやられたと……」

「はい。さよう聞いておりますが」

突然、笑いがこみ上げた。笑うと傷に響く。それでも笑いが止まらない。半左衛門は目に涙を浮かべて笑っている。

鈴江は当惑した。なにがそんなにおかしいのかわからない。が、そのことで、不義密通を詫《わ》びるきっかけを失っていた。

半左衛門はひとしきり笑うと、妻に晴れ晴れとした笑顔を向けた。落ちぶれて以来、はじめて見せる笑顔である。

「笑うたら腹が減った。なんぞ食わせてくれ」

「は、はい」

鈴江は腰を浮かせた。

「そういえば、あの小袖だが……」

「え？」

鈴江はけげんな顔で振り返る。

「いや、よい」

似たような小袖を見たので、うっかり鈴江と見まちがえたのだろう。そう、半左衛門は思った。それとも、小袖を見たこと自体が幻覚だったのか。今となってはどちらでもよいような気がした。胸の中でまだ笑いが渦巻いている。

人斬りが人斬りに斬られた。これが笑わずにいられようか。

今日よりは、人斬りが巷《ちまた》を騒がせることはないだろう。焦燥も憤懣《ふんまん》もいつのまにか消えている。不思議なことに、妻女へのこだわりも消えていた。

おれには過ぎた女房だ。鈴江の誠意を疑うとは、なんとおれは馬鹿だったのか。

半左衛門は土間に目を向けた。甲斐甲斐《かいがい》しく立ち働く妻女の姿を目で追いかける。温かなものが胸を満たし、身内に新たな力がみなぎってくるのを感じた。

一方の鈴江は、飯の支度をしながら、なおも考え込んでいた。

なぜ、夫はわたくしを責めぬのか。

夫が忠雄に斬りかかったのは、裏切りを知って逆上したからではなかったのか。それ以外に理由は考えられない。まさか、返り討ちされた衝撃で、前後の事情を忘れてしまったわけでもなかろうに。

考えてもわからなかった。が、そのうちにようやく思いついた。

夫は、小袖《こそで》――と、いいかけた。

そうか。夫は鈴江が茶屋へ入るのを見た。で、逆上した。待ち伏せして、出て来た男に襲いかかった。だが今では、それが見まちがいだったと考えている。妻と同じ小袖を着ていたので、思いちがいをしたのだと。

小袖のお陰で救われたのだ、と、鈴江は思った。

これですべてが終わった。わたくしは死をまぬがれた。これから先は、二度とあのお方の誘いにのりさえしなければよいのだ。そうすれば夫と、今一度やりなおすことができるはず。

粥《かゆ》が煮立っている。

粥の碗《わん》を盆にのせ、枕辺へ運びながら、鈴江は夫に感謝と安堵《あんど》の笑顔を向けた。

四

年が明けた。

半左衛門は歩くことができるまでに回復した。鈴江の看病の賜物《たまもの》である。

穏やかな日々は、このままつづくかに見えた。ところが――。

正月明けのある日、鈴江は再び忠雄からの呼び出し状を受け取った。

今回の文は茶屋の主《あるじ》の代筆で、「大事な話があるので何卒《なにとぞ》ご足労いただきたい」としたためてある。

黙殺しようとしたものの、「大事な話」とのひと言がひっかかった。なんだろう。夫が斬りかかったあの日のことだとしたら、放っておくわけにはいかない。

どのみちきっぱり挨拶《あいさつ》をしておくほうがよいと、鈴江は思った。これからもこんなふうに文を寄越されては、夫に疑いを抱かれる。せっかく手に入れた平穏な暮らしがぶちこわしになる恐れがあった。

鈴江は茶屋へ出向くことにした。これを最後と定め、さんざん迷った末に、例の小袖を風呂敷《ふろしき》に包む。

「仕立物を届けて来ます」

夫に留守を頼み、家を出た。

梅の香が仄《ほの》かに匂う道を、鈴江は佃へ急いだ。

忠雄に逢《あ》い、事情を告げて別れを述べるつもりである。茶屋の主には、二度と文を取り次がぬようにと頼む。小袖は帰り道で古着屋へ立ち寄り、売ってしまうつもりだった。

これで名実共に、半左衛門の妻になれる。これまでの分も、よき妻となって埋め合わせをしようと鈴江は思った。

妻が出かけて行くと、半左衛門は梅の香に誘われるように路地へ出た。

井戸端で雑談をしていた女たちが、愛想よく挨拶をした。人が変わったように柔和になった半左衛門に、いつしか裏店《うらだな》の住人も心を許している。

路地に佇《たたず》み、半左衛門は小鼻をふくらませた。

どこから匂ってくるのか。薄汚れた裏店にも梅の香が流れてくることに、半左衛門は感嘆した。

このおれも、新しい命を与えられたのだ——。

にわかに感傷的な気分になる。すると、あの夜、おれを救ってくれたのはだれだろうという、数ヵ月来の疑問がよみがえった。

それでなくても、そろそろ表へ出たくてうずうずしていた半左衛門である。鈴江は出かけている。この際足を延ばして、佃の茶屋まで出かけ、あの夜のことを訊《き》いてみようと思い立った。家まで送り届けてくれたのだ。茶屋の人々にも礼をいっておくほうがよい。

一旦《いったん》、中へ戻り、身支度をする。太刀をつかもうとして、はじかれたように手を引っ込めた。この太刀で人を殺《あや》めた。なんとむごいことをしてしまったのか。己の罪の深さに呆然《ぼうぜん》とする。

何度か逡巡《しゆんじゆん》したのち、太刀を取り上げ、腰に落とし込んだ。

怪我が完治していないので、歩みはのろい。佃の茶屋へ着いたのは、昼の八つどき（午後二時）だった。

茶屋の入口で半左衛門はためらった。粋《いき》な造りの、値の張りそうな茶屋である。粗末ななりで入ってゆくのは気がひける。

他に入口はないものかと板塀の周囲をまわってみた。裏手に木戸があった。裏側はだだっ広い野原である。野原を突っ切って一本道がつづき、その先は鬱蒼《うっそう》とした雑木林の中に吸い込まれている。方角からして、半左衛門が通って来た道へぬける近道らしい。

裏木戸に手をかけようとしたとき、内側で話し声が聞こえた。あたりをはばかるようなひそひそ声である。

半左衛門は木立の陰に身を隠し、耳をそばだてた。

「よいか。門の近くはいかんぞ。若殿に疑いがかかってはまずい」

「傷は負わせるな」

「海に溺《おぼ》れたことにしてはどうかの」

「人斬りに殺《や》られたと見せる手もあるが」

「いや。市中を騒がせておった人斬りも、このところなりを潜めておるそうな」

「いかにも。人斬りは真夜中の商売。今頃は高いびきであろうよ」

男たちの押し殺した笑い声が聞こえた。

「いずれにしても、若殿には内密に」

「むろんだ」

「哀れな女子《おなご》よ」

「これもお家のためだ」

「やむをえぬ。騒動の芽は早う摘み取らねばの」

不穏な音と共に木戸が開いた。

半左衛門は息を呑《の》んだ。

男は三人。いずれも腕っぷしの強そうな侍である。

男たちは表へ出て、木戸を閉じた。

「林の中で待ち伏せしよう」

「心得た」

三人はうなずき合い、足早に野道を遠ざかってゆく。雑木林へ消えた。

半左衛門は呆然としていた。漏れ聞いたところによると、これからあの林で殺《さつ》戮《りく》が展開されるらしい。しかも相手は女。女は今、茶屋の中で、「若殿」と逢瀬《おうせ》を楽しんでいる。三人の侍は若殿の家臣で、お家の事情から、若殿と女を引き離すべく、女を抹殺しようとしているのだ。

半左衛門の背筋に悪寒が走った。あれほど平然と人を斬り殺してきたはずの半左衛門が蒼白になっている。

女に憐憫《れんびん》を感じた。が、助けてやろうにも、こちらは手負い。剛の者と見える侍三人が相手ではとてもかなわない。関わりのない女のために命を落とすのは真っ平である。半左衛門自身、九死に一生を得たばかりなのだ。

だが立ち去ろうにも、身動きがとれなかった。林のどこかで、三人の侍が裏木戸を見張っているはずだ。今頃、木立の陰からのこのこ顔を出したら、たちまち怪しまれ、女もろとも斬り捨てられてしまうだろう。

半左衛門は、心ならずもその場に腰を据え、女の殺戮を見届けるはめになった。

しばらくすると、再び木戸の開く音がして、女が出て来た。

半左衛門は木立の隙間から女の顔を見た。その瞬間、脳天をぶち抜かれたかと思った。驚愕《きょうがく》たるや、天と地がひっくり返るなどという生やさしいものではない。

女は鈴江だ。

息が止まり、頭にかっと血が上った。

鈴江はなにも知らない。足早に遠ざかって行く。

まだ陽は高い。のどかな新春の野道で惨劇がくりひろげられようとしているとは、信じがたかった。

これは夢だ。そうにちがいない——。

胸の中でつぶやく。

だが、半左衛門の位置から、林の中で待ち構えている侍の姿が見えた。悪夢ではない。これはまぎれもない現実である。

鈴江は今や雑木林に差しかかろうとしていた。

あいつはおれを裏切っていた。そうだ。若殿とは高柳忠雄。二人の関係はずっと以前からつづいていたにちがいない。それを知りながら、山下市太夫は、鈴江をおれに押しつけたのだ。

苦々しい思いがこみ上げた。だが、不思議なことに、怒りは湧いてこなかった。

半左衛門は妻の後ろ姿を凝視する。

と、そのとき、林の影が動いた。あたりに殺気がみなぎった。

鈴江は殺される——。

半左衛門はぺっと唾《つば》を吐いた。無意識に太刀の柄《つか》に手を置く。

いいではないか、と、一方で、己の心にいい聞かせた。もともと、押しつけられた女ではないか。天罰が下ったと思って、死に様を見届けてやればよい。

鈴江は林に足を踏み入れた。

同時に、三つの影が躍り出た。

侍の一人が後ろから鈴江をはがいじめにするのが見えた。一人が口を封じ、さらにもう一人が足を抱え上げる。風呂敷《ふろしき》包みが落ちて解《ほど》け、小袖《こそで》が侍の足にからみついた。侍は足をとられ、三人はもつれあうように転倒した。

鈴江は悲鳴を上げた。侍は地面から石を拾い上げた。撲殺して海へ投げ込めば、他殺とはだれも思うまい。

侍は石を振り上げた。別の一人が腹立たしげに小袖を放り投げる。小袖は生き物のように宙にひるがえった。

小袖を目にした瞬間、半左衛門の胸でなにかがはじけた。

それは、夜鷹《よたか》を斬り殺したときのような怒りの衝動ではなく、敢然たる闘志だった。

半左衛門は太刀を引きぬいた。野獣のような雄叫《おたけ》びをあげ、猛然と林に突進する。

鈴江は夫の目の中に、妻を救おうとする決意を見た。

半左衛門は鈴江の眸《め》に、驚愕と哀願を見た。

鈴江は声にならない声で叫んでいた。

「逃げて、来てはだめ、逃げてッ」

半左衛門も胸の内で叫んでいた。

「今、行くぞ。おまえを独りで死なせてなるものか」


雑木林へ足を踏み入れた村人が男女の死体を見つけたのは、同日、夕刻である。村人はあわてふためき、番屋へ知らせた。

女は背後から袈裟懸《けさが》けに斬り殺されていた。男は腹をかっさばいて死んでいる。男が女を斬り、自裁して果てた……それはまさに、無理心中のように見えた。

探索が行われた。が、野が花におおわれる季節になっても二人の身元は判明しなかった。骸《むくろ》はやむなく無縁墓地に葬られた。

春が過ぎ、夏が過ぎた。

昨年、人斬りが巷《ちまた》を騒がせたことは、すでに人々の記憶から消え失《う》せている。佃の心中事件も、もはや口の端にのぼることはない。

けれど、雑木林のかたわらを行く者は決まって足を止め、首をかしげた。

木の下闇には女郎花《おみなえし》が咲き群れて、鮮やかな黄金の波が微笑をふりまく。耳を澄ませば、どこからか夫婦のむつまじい語らいが聞こえてくるようだった。

駆け落ち

一

襖《ふすま》を開けようとして、紀代《きよ》ははっと手を引っ込めた。

部屋の中からただならぬ息づかいがもれてくる。なんといったのか、女の低いささやきにつづいて、追いかぶせるように、

「今さらなにをいう。行けるところまで行くんだ」

と、男のひそひそ声が聞こえた。

もしや、あの二人は……駆け落ち者か。

動悸《どうき》が速まる。

まだ陽の高いうちに上がり込んだ客だった。宿帳に記載した名は伊三郎《いさぶろう》とみちで、兄妹となっている。が、今思えば、どことなく人目をはばかるような素振りがあった。

客の素性については余計な詮索《せんさく》をしないことにしている。街道筋の旅籠《はたご》には雑多な客がやって来る。いちいち疑っていては商売にならない。

とはいえ駆け落ち者と思えば、平静ではいられなかった。なにより〝駆け落ち〟という言葉が紀代を動揺させている。

湯飲みをのせた盆を持ったまま、足音を忍ばせて台所へ戻った。

「あれ、茶はいらんのかいね」

煮鍋《になべ》のかげんを見ていたおとり婆さんが、けげんな顔で訊《たず》ねた。

「いるもいらぬもあの二人、訳ありですよ」

紀代がいうと、竈《かまど》の前にかがみ込んで火吹き竹を使っていたお里《さと》が顔を上げた。お里は近在の娘で、この春から下働きに雇われている。

「そういやあ、なんだか妙な感じがしたっけよ」

「妙とは……」

「部屋へ案内するとき、顔を隠そうとしてるみちゃあだった」

「用心しとくれ、ときおりそれとなく様子をのぞいて、おかしな素振りがあったら知らせておくれよ。ただし向こうさまには知られぬようにね」

二人にいい聞かせ、おとり婆さんに盆を手渡す。帳場へ戻ろうとして、

「うちの人はどこ」

と、ふと思いついて訊ねた。

「さっきまで縁側ですり鉢抱えて、鳥の餌《え》すってましたっけがね」

「つい今しがた、お出かけになられたみちゃあだよ」

おとり婆さんとお里が口々に応《こた》えた。

「だったら大方、西町あたりで早々とひっかけているんでしょうよ」

紀代は眉《まゆ》をひそめた。

亭主が昼日中《ひるひなか》から酒を飲むからといって文句をつけているのではない。紀代の夫の庄左衛門《しょうざえもん》は、酒豪でもなければ酒乱でもなかった。店を女房まかせにしているとはいえ、人手が足りなくて困るほど客はいないからこれもいい。

紀代は、庄左衛門の世捨て人のような暮らしぶりがいやだった。なにをするのも億劫《おっくう》だとでもいわんばかりだ。歳より老け込んだ顔を見ると、自分がとてつもなく悪いことをしてしまったような気がしてくる。

帳場へ腰を据えると、再び奥の間の男女のことが気になりだした。

伊三郎におみちといったか。いずれも二十歳《はたち》そこそこの若さである。町人姿に身をやつしているが、男が侍であるのはまずまちがいなかった。色白細面で目元が涼しく、口元にはまだ幼さが残っている。旅籠には慣れないのか、帳場で道中差《どうちゅうざし》を預かろうと声をかけると、驚いたように見返しただけで渡そうとしなかった。

女もおそらく武家の娘だろう。挙措に品がある。とびきりの美人ではないが、小作りの顔には男好きのするところがあった。

二人は一途《いちず》に惚《ほ》れ合ってここまで逃げて来たのではないか。どこへ行こうとしているのか。行く当てはあるのだろうか。

若さのせい……そう、若いからこそ大胆になれる。

「あたしだってあのときは……」

紀代は両手指でこめかみを揉《も》みほぐした。

手鏡を引き寄せる。息を吹きかけて曇りを除き、三十半ばの女の顔をあらためて眺めた。切れ長の目とふくよかな唇のお陰で歳より若く見えるが、よくよく見れば、しみもたるみもないのにどことはなしに疲れがにじんでいる。

ここ東海道の吉原宿《よしわらじゆく》は、塩や魚を運ぶ甲州道と足柄《あしがら》峠や籠坂《かごさか》峠に至る十里木《じゆうりぎ》街道の分岐点である。河口から海上へ物資を送り出すための湊《みなと》もあり、狭い宿内には旅籠がひしめいていた。客も多いが商売敵も多いわけで、客引き女のいない旅籠はどうしても一歩出遅れることになる。それでもそこそこ商いが成り立っているのは、二度目三度目の客や口伝《くちづ》てでやって来る客が多いからだ。宿賃が安い。騒々しさがない。器量良しの女将《おかみ》がいる。それで贔屓《ひいき》客がついた。

思えば、ここまでくるには並大抵ではなかった。何度となく商売替えもしたし、食うや食わずの暮らしもした。はじめのうちは庄左衛門も愚痴ひとついわず、慣れない商いに精を出していたものである。

紀代は吐息をついた。鏡の中の顔にぎこちなく笑いかける。客に媚《こ》びを売るつもりはないが、商売に愛想は欠かせなかった。もしかしたら、そういう紀代の世間ずれしたところも、庄左衛門は気に入らないのかもしれない。

「こんなはずじゃなかったのにねえ」

そう思うと無性に腹立たしい。作り笑いがしかめっ面に変わったとき、

「女将さん。あの……」

襖越しにお里の声が聞こえた。

「なんだい」

襖が開く。お里は廊下へ膝をついていた。目が合うと、奥の間のほうへ顎《あご》をしゃくる。

「女将さんに訊ねちゃあことがあるっちゅうて」

「あの二人かい」

「へえ」

お茶を持って行ったら、呼び止められたのだという。

紀代は手鏡を卓の下へ押しやり、宿帳をめくって念のためにもう一度、二人の名を確認した。

「ここにいておくれ。お客が来るといけないから」

いいながら腰を上げる。

奥の間へ行き、襖に手をかけて「ごめんなさいまし」と声をかけると、伊三郎が「お入りください」と返事をした。

二人は端然と座っていた。

おみちの髪のほつれと上気した頬に、取り乱した名残がわずかに残っている。

ふいに、長い年月忘れていた昂《たかぶ》りが、紀代の体を駆けめぐった。自分がおみちで、庄左衛門が伊三郎であった頃の、切なく狂おしい昂り……。

「なんぞお訊《き》きになりたいことがおありとか。なんなりとどうぞ」

動揺を抑え、丁重に切り出す。

「実は……」と、伊三郎は膝を進めた。「わたくしどもはこのあたりの地理に不案内でして……甲州道と十里木街道にはその……」

いいかけていいよどんでいる。最後まで聞かなくても、紀代には伊三郎のいわんとすることがわかった。

どちらの道を行けば関所がなく、無事落ち延びることができるか――二人はそれが知りたいのだ。

「甲州道のほうが難は少ないかと存じます」

さりげなく応えると、伊三郎は小さく息を呑《の》んだ。紀代は気づかぬふりをする。

「お江戸や上方《かみがた》へ行かれるお人がお身をひそめるには、好都合にございましょう」

どこへ行っても人別《にんべつ》帳の問題があった。そのことでは、紀代自身もいやというほど泣かされてきた。

だが、どんなものにも抜け道がある。人の出入りの激しいところには手配師がいて、問題を解消してくれる。ただし、そうした手配師はたいがい悪の片棒を担いでいるから、うっかりすると足を取られる。見るからに世馴《よな》れぬ二人が、騙《だま》され身ぐるみはがれて堕《お》ちるところまで堕ちてゆくのと、ひっそりつつましく添い遂げるのと、どちらの可能性が大きいかは火を見るより明らかだった。

できるなら、家へお戻りなさいといってやりたかったが、いったところで今さら引き返せまい、ということも承知していた。行きずりの宿の女将の忠告に耳をかたむける冷静さがあるなら、はじめから駆け落ちなどしないはずである。

自分たちもそうだったと、紀代は苦い唾《つば》を呑み込んだ。一途に思い詰めているとき、人はなにも見えなくなる。そして後になってわかる。現実がいかに厳しく、夢がいかに覚めやすく、人の心がいかに変わりやすいかということが……。

「お聞き及びでしょうが、箱根の関所はうるさいご詮議《せんぎ》があるそうにございますよ。あたしなら、甲州道をゆき、途中丑寅《うしとら》（北東）の方角に折れて勝沼《かつぬま》近辺をぬけ、青梅《おうめ》街道まで出ます。八王子までゆけば、人手が足りないそうで、たいした面倒もなく男は炭焼き、女は機織りに雇ってもらえるそうです。そこでしばらく様子を見てから、お江戸へ出られてはいかがでしょう。むろんこれは素人考えで、うまくゆくとはかぎりませんが……」

伊三郎とおみちは顔を見合わせた。はじめは驚きが、次に安堵《あんど》の色が広がる。

二人はそろって両手をついた。

「お心遣い痛み入ります。ご推察通り、わたくしどもはゆえあって郷里を出奔いたしました。それだけではありませせぬ。追手《おって》に追われております」

「追手……」

紀代は目をみはった。双方の家の者が二人の行方を捜すのはわかる。だが伊三郎の〝追手〟といういい方には、それ以上に切羽詰まった響きがあった。

「もうひとつ。女将のお人柄にすがってお頼みいたします。何人《なんぴと》に訊《たず》ねられても、わたくしどものことは内密にしていただけませぬか。なにとぞ行き先だけは……」

「追手に見つかれば、連れ戻されるというのですね」

「いや。斬り殺されましょう」

紀代は喉元《のどもと》に手をやった。もれそうになった悲鳴を呑み込んで視線を横にずらすと、おみちもすがるようなまなざしを向けてきた。

もしやこのお人は人妻なのでは――。

さっきまでおみちを初《うぶ》な小娘と見ていたのが、今ではまちがいのような気がした。顔だちは地味だが、こうして面と向かうと濃厚な色香がある。二人は、かつて自分たち夫婦が抱えていたものより、もっと厄介な問題を抱え込んでいるようだった。

「ご心配はご無用です。決して口外はいたしません」

紀代が請け合うと、二人は表情をゆるめた。

「重ね重ねかたじけのうござる」

思わず武家言葉がこぼれる。

「礼などいらぬことです。それより、そういうご事情でしたら、今宵《こよい》は早々に寝《やす》んで、明朝は七つ（午前四時）前にお発《た》ちになられませ。新しい草鞋《わらじ》とにぎり飯をご用意しておきましょう」

紀代は腰を浮かせた。

はじめは、駆け落ち者を迎え入れてしまったことに動転した。今は、少々不謹慎ないい方だが、胸が昂っている。忘れかけていた昔を思い出したからか。

紀代は一礼をして部屋を出ようとした。するとおみちが蚊の鳴くような声で訊ねた。

「あのう……女将さまはなにゆえ、わたくしどもの置かれている境遇がおわかりになったのでございますか」

紀代はおみちの眸《め》を見返した。

「十五年余りも昔ですが、あたしも駆け落ちをしたからですよ」

二

庄左衛門は夜もだいぶ更けてから帰って来た。

どこで夕餉《ゆうげ》を済ませたのか、飯はいらぬとそっけなくいい、着替えを済ませてさっさと床についてしまった。酒臭い息を吐いているが酔ってはいない。

酔えないのだと、紀代は思った。なにをしても酔えないのだ。だから従容《しょうよう》と無為な日々を送っている。

かつての庄左衛門はそうではなかった。伊三郎の年頃には、同じように凜々《りり》しく、同じように豪胆だった。剣術にも学問にも秀でていたが、足軽《あしがる》の三男坊だったのでまず出世は望めなかった。それでも武士の身分を棄てるには少なからぬ覚悟が要る。庄左衛門は潔く棄てた。きっかけは倫《みち》ならぬ恋のためだが、心の奥では、家名にしがみついているだけで満足に食うことさえできない暮らしにうんざりしていたのだろう。

はじめの数年は骨身を惜しまず働いた。

——こうしておまえと二人で暮らせるのだ。そのためなら何事も厭《いと》わぬ。

力強い腕に抱きしめられるたびに紀代は幸せに酔い、酔いながらも胸のうちで庄左衛門に詫《わ》びた。紀代は町家の娘で、庄左衛門の主家にあたる屋敷に行儀見習いに上がっていたところを見初められ、恋仲になった。身分のちがいがいつも胸に重くのしかかっていた。

生活は苦しかった。なにをやってもうまくゆかなかったが、夫婦仲はむつまじかった。

いつの頃からだろう、少しずつ変わりはじめたのは……。

自分には商いの才がないと見切りをつけた庄左衛門は、長屋の子供を集めて手習いの師匠をしたり、町道場のにわか指南をつとめたりするようになり、代わりに紀代が働きに出るようになった。細々とした店を持つことができたのは、紀代のしゃかりきの働きのお陰である。その後、何度か商売替えを経て、旅籠《はたご》を開業した。

そうするしかなかったんだもの――。

ときおり無性に腹が立つ。自分が変わったというなら、庄左衛門のせいである。面と向かっていってやりたいと思うこともあったが、なぜかそれだけはできなかった。

伊三郎とおみちもこののち、似たような道を辿《たど》るのだろうか。紀代はふと思った。

台所の後かたづけを済ませ、明朝の仕込みをする。おとり婆さんとお里が部屋へ引き取ったあと、客間の二人のために、草鞋や下着、道中入り用と思われる小間物をひとまとめに包んだ。

寝支度をして寝所へゆく。

眠っているとばかり思った庄左衛門は、枕元に灰吹きを引き寄せ、煙管《きせる》を吸っていた。

「まだお寝《やす》みになられぬのですか」

声をかけると、生返事をする。

いつもならさほど気に留めないのに、今宵はそれが気に障った。夜具の脇に膝《ひざ》をそろえて亭主を眺める。

いったいなにが不服なのだろう。どうしたいというのか。それとも単に夢が醒《さ》めて、現《うつつ》に戻っただけなのか。

「なんだ？　なんぞ話でもあるのか」

庄左衛門は煙管を灰吹きに叩《たた》きつけた。

「いえ……」

紀代は狼狽《ろうばい》した。話しかけられるとは思ってもいなかったのである。

そうだ、話しておくほうがいい――咄嗟《とっさ》に心を決めた。

「萩の間のお客のことですけれど……」

ためらいがちに切り出す。

「客がどうかしたのか」

「……駆け落ち者なのですよ」

庄左衛門の眉《まゆ》がひくりと動いた。〝駆け落ち〟という言葉に、やはり昔を思い出したのだろう、煙管を持つ手を宙に止めて虚空を見つめている。

「まだ二十歳《はたち》そこそこの男女です。おそらくお武家さまでしょう。女人《にょにん》のほうは、もしかしたらどこぞのご新造《しんぞ》さまやもしれません」

紀代は二人の様子を詳しく話して聞かせた。

庄左衛門は黙って耳をかたむけている。

「明朝七つ前にはお発ちになられるそうです。どの道がよいかと訊ねられましたので、甲州道はどうかと申し上げました」

庄左衛門は眉をひそめた。思案している。

「なんぞ、まずうございましたか」

「いや。そうではない。先刻、西町で藤兵衛《とうべえ》と立ち話をした」

藤兵衛は西町の旅籠の主《あるじ》で、庄左衛門の数少ない飲み友達である。

「なにやら物騒な客が泊まっておるそうな」

「物騒な……」

「人相の悪い侍が四人。しきりにあちこち嗅《か》ぎまわって、人捜しをしているらしい」

紀代は息を呑《の》んだ。その者たちが追手《おって》なら、目と鼻のところまで来ていることになる。

「騒ぎにならぬとよいが……」

話はそれで終わり、庄左衛門は灰吹きを押しやってくるりと背中を向けた。

床に入ったものの、紀代は眠れなかった。

あの二人、なんとか無事、逃してやれぬものか。

いつのまにか、他人事《ひとごと》とは思えなくなっている。天井の暗がりを見据え、紀代は思案をめぐらせた。

三

うつらうつらしただけで、紀代は身を起こした。

客間には駆け落ち者がいる。同じ宿内の、歩いていくらもかからない旅籠に追手の一団が泊まり込んでいると聞けば、のんびり寝てはいられなかった。

まだあたりは闇である。

ちらりと隣の寝床を見ると、夜具がこんもりと盛り上がっていた。庄左衛門は熟睡しているらしい。手燭《てしょく》を掲げて台所へ下り立つ。

用意しておいたにぎり飯を竹籠《たけかご》に入れ、竹筒に水を汲《く》んでいると、廊下で足音がした。竹籠と竹筒、草鞋《わらじ》、それに下着や小間物を入れた風呂敷《ふろしき》包みを抱えて玄関へ急ぐ。

伊三郎とおみちは旅装束を整え、帳場の前に膝をそろえていた。

「お世話になりました」

二人は深々と頭を下げた。

郷里を出て何日目になるかは知らないが、今朝は昨夜より落ちついているように見える。

「これをお持ちなされ」

ひとまとめにした荷物を押しやると、二人は顔を見合わせた。

「かようなことまでしていただくわけには参りませぬ」

「遠慮はいりません。さようなことより、西町の旅籠に追手らしき者たちが泊まっているそうですよ。四人づれの強面《こわもて》のお侍さまで、ひどく殺気だっておられるとか。あちこち人捜しをしていたそうですから、急いだほうがようございます」

伊三郎はうなずき、あわただしく風呂敷包みを背負って、竹籠と竹筒を腰にくくりつけた。追手がすぐそこまで来ていると聞いたせいだろう、指先がふるえている。おみちの顔を見ると、こちらも血の気が失せ唇をふるわせていた。

追手に見つかれば斬り殺されるといっていた。よほどの事情があるらしい。だが今、事情を詮索《せんさく》している暇《いとま》はなかった。

「万が一、ということもございます。裏からおいでなさいまし」

紀代は二人を勝手口へ連れて行った。人目につかないように甲州道へ出る道を教えてやる。初秋の夜気はひんやりとしていた。

「足元にお気をつけて。ご無事をお祈りしておりますよ」

外はまだ真っ暗だが、提灯《ちょうちん》を使うわけにはゆかない。

表へ押し出そうとすると、おみちがふいに足を止め、華奢《きゃしゃ》な指で紀代の腕をつかんだ。

「昨日ここへ参ったときは、もはや命運も尽きたかとあきらめかけておりました。なれど女将《おかみ》さまがわたくしと同じお身の上とうかがい、行けるところまで行こうと思い定めました。ありがとうございます」

おみちは今一度頭を下げ、くるりと踵《きびす》を返した。

二人はかばい合うように身を寄せ、足早に去ってゆく。

紀代は放心していた。

追手に追われる危険こそなかったものの、自分たち夫婦も駆け落ち者だった。手に手を取って出奔したときは互いがすべて、闇の中へ消えて行ったあの二人のように、かばい合い、身を寄せ合って歩いたものだ。

その男女が、生き延びたあとはどうなったか。そっけない会話を交わし、おざなりに抱き合うだけの夫婦になってしまったと知ったら、おみちはどんな顔をするだろう。共に死のうとさえ思い詰めた二人の成れの果てが、片や商いに精を出す妻と、片や世捨て人のように無為な日々を過ごす夫だと知ったら……。

失ったものと、手に入れたものと——。

紀代はため息をついた。おとり婆さんやお里が起きて来るまでにはまだしばらく間がある。手燭を掲げて寝所へ戻った。

手燭の灯を燭台に移し、横になろうとしたときだ。はっと目をみはった。

庄左衛門の姿がなかった。先刻と同じ形で夜具が盛り上がっている。もしかしたら、あのときもうすでにいなかったのか。伊三郎とおみちのことで頭がいっぱいだったから、うっかり見まちがえてしまったのかもしれない。

若い頃、庄左衛門は一時期、早朝稽古《げいこ》をしていたことがある。太刀を手に寝床を抜け出すたびに、紀代は、夫は武士の身分を捨てたことを悔んでいるのではないかと余計な気をまわし、悶々《もんもん》としたものだった。それが近頃は反対に、なににも熱中せず、だらけた日々を過ごす亭主に半ば愛想を尽かしている。

それにしても、こんな時刻にどこへ行ったのか。

紀代は厠《かわや》や風呂場をのぞいてみた。どこかで倒れているのではないか。いないとなると急に不安になって、あちこち捜しまわる。

井戸端かもしれないと外へ出てみた。いなかった。東の空がかすかに白みかけている。もうそろそろおとり婆さんもお里も起きて来る頃だ。

行き先くらいいってゆけばいいのに──。

家の中へ戻ろうとしたときだった。

「例の二人はどうした」

背後で声がした。

驚いて振り向くと、太刀を腰に落とし込み、甲掛け草鞋で足ごしらえをした庄左衛門が、緊迫した面持ちで紀代を見つめていた。

「今しがた出立されましたが……」

庄左衛門は舌打ちをした。

「後れをとったか」

「いったいどこへいらしたのですか」

紀代の問いかけには応《こた》えず、

「甲州道か、それとも十里木街道か」

庄左衛門は嚙《か》みつくように訊《たず》ねた。

「甲州道にございます。それよりその恰好《かっこう》は……」

「まずったのう。甲州道は危ない」

「え？」

「ここから甲州道へ入るはだれしも考えることだ。追手《おつて》は四人。そろって甲州道を行くか、でなければ二人ずつに分かれて、甲州道と十里木街道を行くか。いずれにしろ後を追うはずじゃ。女連れでは早晩追いつかれよう」

「されど他に道は……」

「それゆえ考えた。西から逃げて来たのなら、追手の裏をかいて、一旦《いつたん》、西へ戻ったほうが安全だ」

紀代は目を丸くした。

「一膳《いちぜん》飯屋でときおり顔を合わせる船頭がおっての、そやつの顔を思い出したのだ」

その男は、富士山麓《さんろく》でとれる屋根板や炭などを河川で吉原河岸《がし》まで運び、さらに小船に積み替えて沼津湊《みなと》や清水湊へ運んでいるという。頼み込んで乗せてもらえないものか。思い立って出かけたものの、真夜中のことでなかなか所在がわからず、今までかかってしまったのだという。

「帰りに様子を見に寄ったのだが、藤兵衛の店ももう灯がついていた。それで泡を食って駆け戻ったのだが……」

庄左衛門は歯ぎしりをした。

伊三郎とおみちの身が案じられる。紀代も焦燥に駆られた。が、それとは別に、紀代は我が目と耳を疑っていた。

見も知らぬ駆け落ち者のために、庄左衛門は深夜、河岸まで出かけ、船頭を捜しまわった。頭を下げて、船に乗せてくれるように頼んだというのだろうか。

今、紀代の目の前で地団駄《じだんだ》を踏んでいる男は、ここ数年の昼行灯《ひるあんどん》のように無為な暮らしをしていた庄左衛門とは別人だった。

「二人は近場におると、奴らは確信しておったのだろう」

「でしたらなにゆえひと晩、じっとしていたのでしょう」

数が多いといっても、狭い宿場内である。しらみ潰《つぶ》しに捜せば見つけ出せる。

「斬り殺すのが目的なら宿場ではまずい。朝を待ち、あとを尾《つ》けて、人けのない場所まで行ったところで襲いかかる肚《はら》ではないか」

二人は目を合わせた。切羽詰まった目、互いに互いの心を推し量ろうとする目、ひとつことに向かって燃え立つ目……。

こんなふうに見つめ合ったのは何年ぶりかしらと、紀代は思った。

「見過ごしにはできぬ。うまくすれば、追手に見つかる前に連れ戻せるやもしれぬ」

およしなさい、巻き込まれたらどうするのですか。そう言って止めることもできた。が、紀代は止めなかった。

急ぎ足で遠ざかってゆく夫の後ろ姿を、呆然《ぼうぜん》と見送る。

「旦那《だんな》さんも女将さんも、朝っぱらからどうしたんじゃね」

勝手口から中へ入ると、おとり婆さんが声をかけた。湯を沸かしている。

「奥の間のお客のことでね……」

いいかけたとき、突然、胸にこみ上げてきたものがあった。

「ちょっと出かけて来ます。あとのことは頼みましたよ」

「あ、女将さん。どこへお行きなさるんで」

おとり婆さんが訊《き》き返したときは、もう家を飛び出している。

四

半刻《はんとき》もすれば人通りが増えてくる。

甲州道は東海道ほど人馬がひっきりなしに通るわけではないが、事を起こすとしたら、まだ朝霧がただようこの時刻、眠りから覚めやらぬ今こそその時だった。

紀代は急いだ。

自分が追いついたとしてなにができるのか。おみちを励まし、二人を河岸へ伴う手助けをするくらいか。それでも、初対面の庄左衛門が声をかけたとき紀代がそばにいたほうが、二人は安心するはずである。

そもそも伊三郎とおみちはひと夜の客だった。駆け落ち者というだけで、素性もわからなければ道行《みちゆき》の事情もわからない。名前すら本名とは思えない。その二人を無事逃すために、庄左衛門も紀代も血相を変えている。

なんとまあ――。

酔狂な夫婦だと思う。いや。というより、自分たちはこんなことが起こる日を、胸のどこかで待ちつづけていたのではないか。昔の熱い日々をよみがえらせてくれる、あの頃の二人を呼び戻してくれるなにかが起こる日を……。

伊三郎とおみちは、若かりし日の庄左衛門と紀代だった。

どのくらい歩いたか。途中、早発《はやだ》ちの人馬に追い越されたり、すれちがったりしたが、それも甲州道へ入るまでだった。白々明けのこの時刻、甲州道はひっそりとしている。

紀代があっと棒立ちになったのは、甲州道に入っていくらも行かないうちだった。

「じゃまだてするな」

野太い声が聞こえ、行く手に人影が浮かび上がった。

一番手前、こちらに頑丈な背中を向けているのは追手の一人だろう。大柄な浪人ふうの男で、抜刀している。

対峙《たいじ》しているのは庄左衛門だった。だらけた日々を送り、昼日中《ひるひなか》から酒を飲んでいる旅籠《はたご》の亭主とは思えない。双眸《そうぼう》がぎらつき、全身から殺気が発散していた。夫のどこにこれほどの気力が溜《た》め込まれていたのか。

庄左衛門の背後に伊三郎とおみちがいた。

こうして見ると、伊三郎はまだほんの若造だ。二人はいかにも頼りなげに見える。

「逃げろ」

庄左衛門が肩越しに命じた。

二人はためらっている。

「なにをぐずぐずしておるのだ。いいから行け」

伊三郎はおみちをうながした。林の中へ飛び込もうとしたとき、おみちは一瞬、足を止めた。紀代の姿に気づいたのか、なにかいいたげにこちらを見た。

「早う行け」

二人の姿は消えた。

浪人ふうの男は追いかけようとして、庄左衛門に行く手をはばまれた。

「おのれ。どこのどやつか知らぬが容赦はせぬぞ」

怒り狂って、庄左衛門に一撃を浴びせる。

紀代は絶叫した。我を忘れて飛び出そうとした瞬間、庄左衛門は刀の柄《つか》で男の襲撃をかわし、敵に斬りかかった。激しい鍔《つば》ぜりあいとなる。

通りすがりの旅人の悲鳴と逃げてゆく足音が聞こえたが、紀代は目も向けなかった。道端で息をひそめ、拳《こぶし》をにぎりしめて、庄左衛門の勇躍ぶりを見つめている。全身が燃え立ち、かつてない昂《たかぶ》りが紀代の胸を満たしていた。

打ち込んではかわされ、かわしては打ち込まれる……はじめは互角に見えたが、やがて庄左衛門の優勢が明らかになった。追手は腕から血を流して、立ち往生している。

「くそ。このままでは済まぬぞ」

男は吠《ほ》え立てた。

「待っておれ。必ず見つけ出してやる」

大声で叫びながら二、三歩後ずさりをしたと思うや体の向きを変え、吉原宿へつづく道を一目散に駆けだした。

目の前を男が駆け去る。紀代ははじかれたように飛び出し、夫のもとへ駆け寄った。裾《すそ》が乱れ、髪がほつれても気にならない。小娘のように頬が上気している。夫の胸に取りすがると、庄左衛門は妻の体を抱きしめた。

「ご無事でようございました」

「相手が一人で助かった」

すっかり腕が鈍《なま》っておるようじゃと苦笑しつつ、紀代の体をそっと引き離す。血ぶるいをして刀を納め、あらためて妻の眸《め》を見つめた。

「あの二人、掛川《かけがわ》藩の者らしい。女は男の上役のご妻女で、不始末が見つかり手討ちになるところを、反対に男が上役を斬って出奔した。もっともあの男、剣術はからきし不得手とか。怪我を負うたものの上役は一命を取り留め、手練《てだれ》の浪人者を集めて二人の後を追わせたというわけだ」

「さようなご事情でしたか……」

紀代は吐息をもらした。上役の妻女を寝取ったあげく怪我を負わせたとあれば重罪人である。このままで済むとは思えない。

「因果なことにございますね」

「それより彼奴《きゃっ》め、仲間を連れて戻って来るにちがいない。こうしてはおられぬ」

とにかく船に乗せてやろうと、庄左衛門はいった。

まだ遠くへは行っていないはずである。二人は林の中を捜しまわった。庄左衛門も紀代も、伊三郎とおみちの行方を辿《たど》りながら遥《はる》かな思い出をたぐり寄せている。

「うッ、これは……」

庄左衛門が立ち止まった。見るなといわれる前に、紀代も、木陰にうずくまる二つの骸《むくろ》を見つけた。

剣術は不得手でも、武士の作法は心得ていたようだ。伊三郎は腹を切り、おみちは喉《のど》を突いて死んでいた。

おびただしい血が草床を真っ赤に染めている。血飛沫《ちしぶき》が櫟《くぬぎ》の大木に飛び散り、その梢《こずえ》で法師蟬が鳴いていた。

秋の蟬の声に姦《かしま》しさはなく、ただ物哀しさだけがある。

紀代は目をそむけた。

自分たちは生き延びた。事あるたびに愚痴をいい、昔をなつかしんではため息をつき、味気ない日々にうんざりしてはいた。それでも、伊三郎とおみちのような悲惨な末路を迎えずに済んだのだ。

庄左衛門とこうして寄り添っていることが、今、紀代は心底ありがたかった。

「十五年も経つのですねえ」

思わずつぶやく。

「わからぬものだの、人の運とは……」

庄左衛門は紀代の肩に手を置いた。

蟬は短い命を惜しむように鳴きたてている。

夫の手にすがってその場へしゃがむと、紀代は物いわぬ骸に両手を合わせた。

虹《にじ》

一

敗因の一端は、小助《こすけ》にあった。

くわしくいえば、桶狭間《おけはざま》の戦《いくさ》で今川軍が織田信長の軍勢に大敗を喫した裏には、足軽《あしがる》である小助が、醜男《ぶおとこ》で愚鈍で無類のお人よし、それだけに一旦《いったん》逆上するととっぴょうしもないことをしでかす男であったことが、少なからず関係していた。

永禄《えいろく》三（一五六〇）年五月十八日。梅雨の最中である。その日も、降ったり止んだり、うっとうしい天気だった。が、今川義元《よしもと》率いるおよそ五千の本軍は、向かうところ敵なしの意気に燃え、岡崎城から、尾張と三河の国境にある沓掛《くつかけ》城へ、快調に進軍をつづけていた。

小助は、先頭の足軽隊にいた。駿河の農村から徴兵された雑兵《ぞうひょう》集団である。平和時には畑を耕し、戦がはじまると鍬《くわ》や鋤《すき》を捨てて戦地に赴く雑兵は、合戦には欠かせない戦力だ。戦闘衣は裾《すそ》を短くした野良着に軽衫《かるさん》、脛当《すねあて》をつけ、陣笠《じんがさ》をかぶって、藁草履《わらぞうり》は頑丈なくくり紐《ひも》でかかとに結《ゆ》わえつける。武器といっては肩に担いだ竹槍《たけやり》一本。軽装備にもかかわらず、真っ先に敵軍に飛び込む。弓矢や火縄銃でねらい打ちされる。これほど損な役まわりはない。

だが、この日の雑兵たちの表情は明るかった。まっ黒に陽焼けし、埃《ほこり》と汗にまみれた顔は、いずれもあっけらかんとしている。野良仕事に追われ、年貢に追いたてられる身には、食いっぱぐれのない出兵はむしろ恰好《かっこう》の気分転換なのだ。

とりわけ今回の戦は、十二日に本軍が駿府を出陣したときから、すでに戦勝気分が高まっていた。十日に出陣した松平元康《もとやす》（のちの徳川家康）や朝比奈泰能《あさひなやすよし》らの先発隊に、三浦備前守《びぜんのかみ》の援軍を加え、今川勢はおよそ二万五千。対する織田の軍勢は四千。武田、北条と和睦して後顧《こうこ》の憂いのなくなった義元にとって、信長の小軍など臆《おく》するにはあたらない。上洛《じょうらく》の途上で邪魔な小わっぱの首をひとひねりする、といった程度の感覚だ。

いよいよ天下が掌中に転がり込んでくる。

義元の自信は軍兵《ぐんぴょう》にも波及して、危機感はまるでない。物見遊山《ものみゆさん》に行くような、いたってのどかな進軍である。

足軽隊は、とりわけ姦《かしま》しい。

「のう、矢平どん、おらっち、いつごろ帰れっかのう」

「京まで上るっちゅうけん、ちっとやそっとたァいくめえ」

「田植えに間に合うかいのう。おらんとこじゃ、かかあと婆《ばば》しかいねえから、おらがいねえと困るだ」

「そら、おらとこだっておんなじだ。おらっちが駆りだされたってよォ、年貢が減るわけじゃねえだけェ……」

小助の左隣で、横内村の与八と矢平がしゃべっている。愚痴が出るのも、気持ちに余裕がある証拠だ。

「かかあ」という言葉に、小助はこの春もらったばかりの嫁の顔を思い浮かべた。潤んだ眸《め》とふっくらした唇がまぶたに浮かぶ。小助は思わず頬をゆるめた。しまりのない顔でよっこらしょと掛け声をかけ、竹槍を右肩から左肩へ担ぎ変える。

たかが竹槍一本が重く感じるのは、この春以来、一貫目余りも目方が減ってしまったためである。原因は嫁のいね。これがなんと、日没とともに体をすり寄せてきて、夜明けまで吸いついてはなれない「かかあ」だから、これまで女と縁のなかった小助が、痩《や》せ細るのもむりはない。

小助の出兵が決まると、いねはなりふりかまわず、陽の高いうちから亭主の体にむしゃぶりついてきた。

「なんで行くだ。庄屋《しょうや》どんには病とでもいうて、行かんでもええでねえか。なあ、おみゃあさまよ、おらをひとりにしねえでくれよォ」

「そうはいかねえだ。おらんち村じゃ人数が足らんというて、庄屋どんが駆けまわっとるだぞ。孫のいる佐助まで行くっちゅうに、おらだけが行かんとなりゃあ、あとあと村の衆に恨まれる」

小助はほうほうの体で、いねの腕をもぎはなす。

「あァン。おみゃあさまがいねえと、おら、眠れねえだ。どしたらいいだよォ」

そんな調子で出立間際までからみつかれていたから、駿府から丸子《まりこ》、藤枝《ふじえだ》と小助の腰は定まらず、ふらりふらり足元もおぼつかないありさまだった。

「どしただ、小助。体の具合でも悪いのか。やけにふらふらしてるでねえか」

「い、いや、べつに……なんでもねえ」

「小助はよォ、毎夜、かかあにせめられて、足腰が立たないんだとよ」

「かかあをもらうと痩せ細るってえから……のう、小助どん」

与八が肘《ひじ》で小助の脇腹をつつく。小助は照れくさそうにへへへと笑った。

「ちがわァ……ちょいと腹の具合がおかしいだけだわさ」

懐からおもむろに色褪《いろあ》せた布包みを取りだし、中の黒い粉薬をほんの少量手のひらにのせる。ぺろりと嘗《な》め、腰に下げた竹筒の水と一緒に呑《の》み込んだ。粉薬は、かわらけつめい草を乾燥させ、山ごぼうの根と混ぜ合わせたもので、横内村の人々は万能薬として用いている。少量だと整腸剤にもなるが、小助は春以来、強壮剤として愛用していた。

一行は十六日に岡崎城へ到着した。そして、この日、十八日、再び西進を開始した。雨は止んでいる。ときおり雲間から太陽が射し込む。小助の顔にも精気がよみがえっていた。だが、新妻との閨事《けいじ》が頭からはなれないので、惚《ほう》けた表情は相変わらず。笑い茸《だけ》を食べた蟆《ひきがえる》のような顔である。

「おうよ、今度はおみゃあらに、おらの活躍を見せてやる暇はなかんべなあ」

小助の右方から得意げな声が聞こえてきた。同じ横内村の五十六になる佐助、本来なら出兵を免除される年齢なのに、自ら進んで足軽隊に身を投じた男だ。佐助は雑兵に駆りだされたのがうれしくてならない。長年の過酷な労働で背骨が曲がり、骨と皮ばかりに痩せてはいるが、野良で鍛えた足腰は若者のようにはずんでいる。

「ありゃ天文《てんぶん》のことだで、十年の余も昔だけえがな、あんときも大殿様に召し出され、三河まで出張って織田の衆らと戦をしたっけだ。そんときゃ、おらあよ、一人で三人倒したぞ。庄屋の甚兵衛《じんべえ》どんに大手柄だと褒められたもんだ」

「けど爺《じつ》つぁまよ、もう若かねえだ。むりに来ねえでもよかったでねえか」

矢平が話に加わった。

「なあに、これしき……。ここんとこ戦がなかったで、ちょうど退屈しとったとこよ」

「それにしても気楽な戦よのう」

「だからっちゅうて、油断はできんぞ。いつどっから火縄が飛んでくるかわからんでの」

佐助が訳知り顔にいう。

「火縄は怖いぞ。ぱんと火ィ噴いたら、そんでお陀仏《だぶつ》だ」

「雨が降っても、火縄は使えるか」

「使えるんでねえか。けどよ、使う暇なんぞねえずら。本軍が着くころにゃあ、織田の衆らの首級《しるし》が、街道にずらりと並んどるでよ」

小助の斜め後ろから笑い声が上がった。後ろの一団でも話がはずんでいる。

「おみゃあ、えらそうなこというて、真っ先に逃げるんでねえか」

「おみゃあこそ、はじめっから逃げる算段してるでねえか」

「あったりめえだ。大きな声じゃいえねえけどよ、戦場《いくさば》で死ぬなァごめんだ」

「ンだ、おみゃあはかかあもろうたばかしだもんな」

「権蔵《ごんぞう》んとこは、おがみ倒してもろうたかかあだもんな。泣かせるわけにゃいかんずら」

「そうよ」と、別の一団の男も話に割り込んだ。

「槍《やり》なんぞ振りまわすなァ、馬鹿ばっかしよ。こいつで敵を倒したって、首は刎《は》ねらんねえ。手柄、横取りされるなら、逃げたが利口だ」

「逃げたらつかまるべ」

「こったら恰好なら、槍捨てて林に逃げ込みゃ、百姓に見えるべ」

「ンだ、ンだ、おらも逃げるだ」

小助は際限のない雑談に耳を澄ませていた。澄ませてはいたが、心はここにない。故郷のいねのもとに飛んでいる。

と、そのとき、馬蹄《ばてい》の音が近づいてきた。

「おい、うるさいぞ。無駄口をたたくな。さっさと歩け」

騎乗の軍兵が足軽《あしがる》隊の横に馬を寄せて怒鳴った。が、軍兵の怒声にも切迫感はない。後方の武将ですら、ある者は鼻唄《はなうた》まじり、ある者は談笑に興じている。足軽の無駄口を叱る軍兵に気合が入らないのも当然だ。

馬が隊列からはなれると、またぞろ雑兵《ぞうひょう》たちは無駄話を再開した。

あきれたことに、彼らの中には、どこへなんの目的で進軍しているのか知らぬ輩《やから》もいる。野良仕事に追われ、せいぜい近隣の村との行き来しかない農民に、上洛だの天下だのといったところでわかるはずがない。それでも、沓掛城で諸将が集い、軍評定《いくさひょうじょう》が行われるという噂だけは聞こえており、そうなれば今宵《こよい》はおそらく酒宴、雑兵にも酒がふるまわれるというので、早くも皆、浮足立っていた。

「権蔵どんのかかあは、えれえ別嬪《べっぴん》だでよ。心配《しんぺえ》で夜も眠れねえんだと……」

「別嬪といやァ、おい、小助どん、おみゃあのかかあこそ、どえれえ別嬪でねえか。さぞかし、かかあを置いてくるなァ心配だったずら」

与八が小助の脇腹をつついた。

「へへへ……」

小助は顔をくちゃくちゃにして笑う。糸のような目、あぐらをかいた鼻、まくれ上がった唇が、馬面《うまづら》の中に思い思いに散らばっている。笑うと、一層しまりのない顔になった。

与八は小助の顔をしげしげと眺めた。蓼《たで》食う虫も好きずきというけえが、ま、生きてりゃ、たまげたことに出くわすもんよ……そんなふうにでも思っているのか。

いねは隣の鬼島村の娘で、色は黒いが目鼻立ちの整った、近在でも評判の美人である。庄屋の遣いで鬼島村に出かけた際いねを見かけた小助は、ひと目で惚《ほ》れ込んでしまった。日頃はなにをやらせても手際が悪く、「うすのろ」だの「役立たず」だのと馬鹿にされているくせに、このことばかりは熱心で、やいのやいの庄屋をせっついて「嫁にもらってくれろ」と頼み込んだ。いねの家も小助と同じ小百姓だったから縁談に支障はなかったが、小助の顔を見て恐れをなしたのか、庄屋が何度となく足を運んで説得してもいねは頑として首を縦にふらなかった。

ところが……いよいよあきらめざるを得ないと小助が観念した矢先、突然いねから承諾の返事が届いた。

小助は二十八歳、いねは二十二。どちらも晩婚である。醜男《ぶおとこ》の小助が晩婚なのはやむをえないとして、美貌《びぼう》のいねがその歳まで売れ残っていたことについては、それなりの訳があったのだが……なにも知らない小助は、有頂天でいねを迎えた。

いねが新婚第一夜から恥じらいもなく挑みかかってくるのを見ても、ひと月も経たないうちに新妻の腹がふくらみはじめたのを見ても、さすがに「愚鈍でお人よし」といわれる小助、喜びこそすれ、爪の先ほどの疑いも抱かなかった。

「小助よ、どうだい、別嬪のかかあを持った気分は……」

「そらな……へへ、悪かあないね」

小助がいい気になって応《こた》えたときである。

「横内村の小助どんたァ、おみゃあのことか」
二、三列先を歩いていた鬼島村の足軽の一人が振り返って、まじまじと小助の顔を見つめた。
「へへえ、おみゃあがねえ……」

意味ありげにつぶやくと、両隣の足軽に向かって、

「おい、聞いたか。後ろの、つぶれた蟆みてえな顔した奴が、小助だとよ」

「ほう、あれが小助か」

「ひょ、こりゃあまた……おいねも、よほどあわてたにちげえねえ」

足軽たちは忍び笑いをする。忍び笑いと意味ありげな眼差《まなざ》しは、隣から隣、前列からまた前列へと広がって、鬼島村の隊列がさざ波のようにゆれた。

小助は「おいね」という言葉に耳をそばだてたものの、生来愚鈍な男なので、笑われている理由までは気づかなかった。おそらく美しいいねが小助のように不

細工な男の嫁になったのがおかしいのだろう……と、のんびり考える。

こいつら、おらをやっかんでるのかもしんねえな——。

小助は心持ち背を反らせ、鼻をひくつかせて、長い顎《あご》を持ち上げた。

雨は止んでいる。湿った地面から立ちのぼる生臭い土の臭いと、雨に洗われた新緑のかぐわしい香りとが、同時に小助の鼻をついた。数日来の雨雲が消えているところを見ると明日は久々の晴天になりそうだ。小助は晴れやかな顔で空を仰いだ。

「止まれーッ、止まれッ」

突然、号令が響いた。足軽隊はいっせいに歩みを止めた。背後からざわめきが広がり、同時に張りつめた空気が、岸辺に寄せる波のように流れてくる。

小助は、竹槍を左肩から右肩へ移し変えて、長い柄を両手でかたく握りしめた。与八も矢平も、大口をたたいていた佐助も、きょろきょろ落ちつかない目つきで周囲を見まわしている。敵の姿を探しているのではない。どこへ逃げ込んだら見つからないか、それを見定めようとしているのだ。小助も左右の鬱蒼《うっそう》とした山肌に目をやった。

足軽隊には理由を知らされぬまま、その場に立ち往生すること四半刻《しはんとき》。

「進めーッ」

再び号令がかかった。

隊列の緊張がとけると、ひそひそ声が背後から伝わってくる。立ち往生の原因が総大将である義元の落馬だということを横内村や鬼島村の足軽たちが知ったのは、そこからかなり西進して、遠目に沓掛城の陣営が見えはじめた頃だった。

騎馬隊の中には、落馬を不吉な前触《まえぶ》れだとして青くなった者もいたようだが、ここ、足軽隊の隊列では「なあんだ」という安堵《あんど》感が広まったにすぎない。だれ一人、総大将の顔など拝んだことがなかったから、なんの感慨も湧かなかったのである。

今川義元率いる本軍は、西の山麓《さんろく》を染めた夕陽を眺めつつ、沓掛城に入城した。先発隊としてすでに到着していた諸将が出迎える。本隊が城中に消えると、足軽は小隊ごとにひと塊となって、城門の内と外に散らばり、野営の準備に入った。

小助の所属する槍部隊は、鬼島村や内谷村の者たちと共に、城門の西側の一郭を守ることになった。警備の合間に交代で仮眠をとる。陽が落ち、かがり火が焚《た》かれると、そこここからにぎやかな談笑が聞こえてきた。

談笑は、にごり酒がふるまわれ、乾飯《ほしいい》や乾肉《ほしにく》などのささやかな食料がまわるにつれ、次第に大きくなってゆく。日頃単調な労働の明け暮れしか知らない雑兵たちにとって、戦は……自分たちが攻撃にさらされない限りにおいては……興奮と陶酔を誘う、年に一度の村祭のようなものだ。

足軽《あしがる》たちは浮かれていた。中でも、鬼島村の足軽たちは、少々浮かれすぎたきらいがある。彼らのちょっとした行き過ぎが、小助にとって、いや、総大将・義元にとっても、とんでもない不運のきっかけになろうとはだれが考えたろう。

淡い月光が沓掛城を照らしている。星を散らしたように、かがり火が城の周囲をとり巻いていた。炎のはぜる音が聞こえる。

小助はかがり火のかたわらに丸くなってまどろんでいた。眠りに入ろうとした矢先、鬼島村の足軽たちの会話が耳に飛び込んできた。小助がいるのに気づき、悪戯心《いたずらごころ》を起こしたのである。わざと大声で、

「知らぬは仏たァこのことずら」

「うすのろたァ聞いてたけえが……ヘッ、太平楽な野郎だ」

目配せを交わし合うと、一人がさらに声を張り上げる。

「ンだ。嫁にいったときにゃあもう、おいねの腹は膨らんでただ」

「やや子のお父《とう》はだれずら」

「おいねにもわからねえさよ」

そこで一同は小助を見る。聞こえているのかいないのか、小助は身じろぎもしない。

「おい」と、また一人が身を乗りだした。「いいことを教えてやらあ。やや子のお父は留吉《とめきち》よ」

「本当か」ざわざわっと座が沸きたつ。

「本当だともさ。おいねはあの頃、留吉としっぽり……」

「いやいや」と、別の男がさえぎった。「やや子のお父は藤助《とうすけ》だ。ほれ、よく一緒に竹藪《たけやぶ》ん中で……よ」

「いンや、そういうおみゃあこそ、怪しいぞ。おみゃあ、しょっちゅうおいねと炭焼き小屋にいたでねえか」

「馬鹿いうでねえ。おらは去年の夏でしまいだ。かかあに見つかっちまったからよ。そういうおみゃあこそ、お父ずら」

「と、とんでもねえ。おらだってここんとこはさっぱり……」

「いンや、嘘だ。おみゃあとおいねが道具小屋へ入るのを、おら、この目で見ただ。ありゃあ、嫁にいく前の晩だったでねえか」

「見まちげえだ。おらじゃあねえ。そういうおみゃあこそ……」

「おいおい、やめてくんろ。留吉だというたろ。おらじゃねって……」

互いに責任をなすりつけ合って、一同は喧々囂々《けんけんごうごう》……と、一人が突然、けたけたと笑い声を上げた。

「そったらことというたら、村の若い衆は、みんな、お父かもしんねえよ」

「ンだ。おらたち、みんな、おいねとたっぷり楽しんだでな」

「うひひひ……そういやァそうだ。おいねはいつだって嫌たァいわなかったもんなあ」

「おらなんか、夜明けまで一睡もできねえで、精気を吸い取られちまってよォ、翌日は野良仕事もできねがっただ」

「おみゃあもか。おらもよ……腰がたたねえで、おっかあに怒られただ」

「あのおいねをかかあにするたあ、よっぽどその……体力がねえとな」

一同はふっと押し黙り、小助の様子をうかがった。

小助は懸命に寝たふりをつづけた。鈍感な小助でも、ここまではっきりいわれればぴんとくる。動揺しないはずがない。驚きが当惑になり羞恥《しゅうち》になって、小助の頭はまさに一個連隊の火縄をいっせいに浴びたような状態だった。

が、小助はわずかばかりの誇りにしがみついた。幸い、かがり火の炎が小助の顔を赤く照らしているので、鬼島村の足軽たちには小助の顔色の変化がわからない。狼狽《ろうばい》する様を見て座興にしようと思ったのに、いつまでたっても眠りこけている小助に興ざめして、しばらく卑猥《ひわい》な談笑を交わしたのち、どこかへ行ってしまった。

話し声が消え、足音が遠ざかってしまうと、小助はかっと目を開けた。糸のような垂れ目がぐいとつり上がり、扁平《へんぺい》な小鼻が荒い息を吐いて、さながら怒り狂った駄馬である。ひひんといななく代わりにぶ厚い唇をふるわせ、燃え盛る炎を睨《にら》みつけた。

素早く思案をめぐらせる。生まれてこのかた茫洋《ぼうよう》と眠りを貪《むさぼ》っていた怒りが、突如、はじけた。小助はすっくと立ち上がった。この男とは思えぬ機敏な動作だ。

小助の怒りは、なぜかいね自身より、鬼島村の足軽たちに向けられていた。闇を透かして周囲を眺めると、鬼島村の足軽たちは、ひとつ先のかがり火のまわりで、車座になって談笑している。

小助は、地面に転がっている空《から》の酒瓶を取り上げた。懐を探って愛用の万能薬を取りだし、ありったけを瓶に投じる。この薬は、少量なら整腸作用があり、強壮剤にもなりうるが、多量を飲用すれば、一定時間を経たのちに下剤、利尿剤として強烈な効果を発揮する。

小助は次に、点在するかがり火をまわって、残った酒を瓶に集めた。酒瓶がいっぱいになると、鬼島村の足軽たちのところへすたすたと歩いて行った。

「おンや」足軽の一人が小助を見て、素《す》っ頓狂《とんきょう》な声をあげた。「こりゃあ、横内の小助どんじゃあないか」

足軽たちは顔を見合わせた。寝ていたのかと思ったが、実は寝たふりをして、先刻の話を聞いていたのだろう。意を決して事実を問いただしにきたにちがいない。それならば……と、一同は、蟆《ひきがえる》を見つけた蛇よろしく、にんまりとほくそ笑んだ。

ところが小助は、邪気のない笑みを浮かべている。

「おら、おみゃあさんらの村からかかあをもらったで、ひとつ挨拶《あいさつ》しとくべと思うてな」

しかも酒の入った瓶を差しだすではないか。

なるほど、こいつは聞きしに勝るお人よしだ。こいつなら騙《だま》すのは簡単、おいねもなかなか頭がまわるぜ……足軽たちは忍び笑いをこらえる。

「おお、そりゃあそりゃあ」

「こっちい来て、一緒にどうだえ」

「遠慮はいらねえ。さ、さ、座れ、座れ」

「おらたち、おいねとは、その、幼馴染《おさななじ》みでよ……」

酔っぱらって呂律《ろれつ》のまわらなくなった足軽たちは、からから相手ができて上機嫌。小助を真ん中に座らせた。

では一献《いっこん》……とばかり、足軽の一人が小助から瓶を受け取って、口元に持っていこうとしたときである。

手甲《てっこう》をつけた無骨な手が、足軽の手からすいと酒瓶を取り上げた。

「おめえら、酒は終《しま》いだ。二日酔いでは戦になるまい。明日は大高城、敵陣の真っ只中《ただなか》だぞ。寝ておけ、寝ておけ」

雑兵《ぞうひょう》の槍《やり》部隊を束《たば》ねる吉田半兵衛という足軽大将である。

半兵衛は、小助の当惑顔には気づかず、酒瓶をかかえて遠ざかって行く。おざなりに城内を一巡したのち、足軽大将の溜《た》まりへ戻ると、筵《むしろ》の上にあぐらをかき、どんと瓶を置いた。

「おう、酒を見つけてきたぞ。もう一献、やろうではないか」

ところが、そのとき、せわしげな足音がした。

「おい。酒は残っておらぬか」

飛び込んできたのは騎馬隊の一員、勝又左兵衛貞秋《さだあき》。目敏《めざと》く、半兵衛の膝元《ひざもと》の酒瓶を見つける。

「入っておるか」

半兵衛はしぶしぶ応《こた》えた。

「はあ、たっぷりと……」

「そいつは重畳《ちょうじょう》。近在の衆がたんまりあると申すので、つい勝手方が大盤振る舞いをしてしもうての。戦場の定めとはいうても、雑兵どもにまでふるまうことはなかったのじゃ。大殿のおられる大広敷《おおひろしき》では酒が足りぬ。あわてて集めさせておるところじゃ。もろうて行くぞ」

貞秋は、半兵衛ら足軽大将たちの未練げな視線を尻目《しりめ》に、酒瓶を抱えてせかせかと出て行ってしまった。

酒瓶は勝又貞秋の手から、供応役の佐々木義綱《よしつな》の手を経て、さらに沓掛城の守備を命じられたばかりの浅川政敏《まさとし》の手に……。

「殿、まずは一献」

「おう、まだ酒があったか。今宵《こよい》は前祝い……あるだけ飲み干そうぞ」

義元はすでに目が据わっていた。酒を注ぐ政敏の手もともおぼつかない。軍《いくさ》評定《ひょうじょう》が無事終わり、ここまでくれば勝ったも同然、上洛《じょうらく》を目前にして皆、酔いしれている。

「ほほほ……政敏、皆にもまわしてやれ。祝いじゃ祝いじゃ」

義元は、総髪をゆすり、おはぐろを塗った口を大きく開けて呵々《かか》と笑うと、盃《さかずき》に注がれた酒をつつっと飲み干した。

二

翌十九日は快晴。

早朝沓掛城を出立した義元の本軍は、昨夜の宴《うたげ》の疲れなど微塵《みじん》も見せず、意気揚々と西進をつづけた。この日は鎌倉街道を通って、岡部元信《もとのぶ》が七百の兵を率いて守る鳴海《なるみ》城へ入り、鷲津砦《わしづとりで》攻略のため先発した朝比奈泰能と、同じく丸根砦襲撃を命じられた松平元康、両者の戦況報告を受けたのち、一気に大高城へ向かう予定である。

風がなく、蒸し暑い。一行は滴る汗を拭《ぬぐ》いつつ、快調に進軍してゆく。

朝陽が昇りきった頃、元康から織田方の首七級が届けられた。義元は大いに喜び、元康の使者に、「二千の兵を大高城へ入れ、人馬を休ませよ」との下知《げち》を申し渡した。

さらに一刻《いっとき》ほどすると、泰能からも織田方の首三級が届いた。

「我が旗の向かうところ、鬼神もこれを避ける」

戦勝報告が届くたびに、義元はほほほ……と、高笑いをした。

昨日の落馬がこたえたとみえ、この日の義元は真っ赤に染めた錦《にしき》の直垂《ひたたれ》に胸白の具足、五枚兜《かぶと》という恰好《かっこう》で、塗輿《ぬりごし》に乗っている。高笑いをするたびに、塗輿は左右にゆれた。近習の阿部安親《やすちか》は、またもや大殿が転げ落ちるのではないかと、終始はらはらし通しだった。

さて……こちらは足軽《あしがる》隊、義元より先進すること約四半里の雑兵集団である。

昨夜の酒盛りが景気づけになったのか、からりとした青空のゆえか、足軽たちは昨日にも増して元気いっぱいである。

「ここはもう尾張、いつ、織田の衆が襲ってくるかわからんぞ。ええい、出てこい、出てこい。このわしが、ひと暴れしてくれる」

佐助が竹槍を振りまわすと、足軽たちはどっと笑う。口だけは威勢がいいものの、小柄で猫背の佐助のほうが竹槍に振りまわされてよろけている。

「爺《じつ》つぁま、むりすんでねえ。織田の衆が来たらよ、おらっちと一緒に山へ逃げるべ」

「なあに、逃げるこたァねえ。おらあ戦しに来ただで……」

「いンや、戦なんぞあるもんか。織田の衆は、全滅したにちげえねえ」

「ンだ。さっき、首級《しるし》がたんと通ったでねえか。ありゃあ織田の衆の首級だとよ」

「したら、もう戦は終わったのか」

「ンだ。終わったずらよ」

「そんなら、おらっちもじきけえれる。田植えに間に合うずら」

一同はひとしきり故郷の話に興じていたが、
むっつり黙り込んでいる小助に、与八が訊《たず》ねた。

「おい、小助どん。どした。おみゃあ、顔色が悪いぞ」

小助の頭は、いねと生まれてくる赤子のことで、すっかり混乱していた。戦どころではない。敵軍が襲いかかって来ようと、火縄の一斉射撃を浴びようと、そんなことはもうどうでもよかった。悩みはひとつ。家へ帰ったら、さて、どうしたものか。いねを非難すべきところだが、面と向かったら、ひと言もいえなくなることは目に見えている。いねの粘っこい視線に見据えられ、湿った体を押しつけられたらそれまでだ……。

さすがの小助も、もやもやした梅雨雲に胸ふさがれる思いだった。昨夜鬼島村の足軽たちに飲ませるため、酒に薬を入れたことなど、けろりと忘れている。

「止まれーッ」

突然、号令がかかった。

すわ、敵兵か……緊張が走る。足軽たちはきょろきょろあたりを見まわした。が、敵軍の人馬は見えない。左右にはなだらかな山々が、前後には広々とした街道が、どこまでもつづいている。

小助も周囲を見まわした。何も見えないので、視線を空に向けた。西の空に、いつの間にかぽっかりと雲が浮かんでいた。灰色の雨雲である。小助は、ぺたりと背中に貼りついた汗まみれの野良着に顔をしかめ、胸に貼りついたもやもやに眉《まゆ》をひそめて、かなたの雨雲を睨《にら》みつけた。

「来るなら来い。降ってみやがれ」

と、そのときだ。

「進めーッ」

号令がかかる。が、しばらく前進すると、再び「止まれーッ」と号令がかかった。

「どうしただ」

「大殿様がまた落馬したんずら」

「なさけねえ。おらっちの殿様は、そったら、へっぴり殿様かいな」

「しいーッ。聞かれたら大変だぞ」

待つこと数分、「進めーッ」

歩くこと数分、「止まれーッ」

「いくらへっぴりちゅうても、そうたびたび落馬するはずねえずら」

「ンだ。さっぱり訳がわからねえな」

足軽たちにはむろんのこと、小助にも理由はわからなかった。思いつきもしなかったろう。まさかこのせわしない「進め」と「止まれ」の原因が、自分の昨夜の怒りのせいだとは……。

足軽隊の後方を泰然と進んでいた騎馬隊に突然乱れが生じたのは、実は、間の抜けた顔で空を見上げている小助のせいだった。酒瓶に投じた薬がにわかに効力を発揮しはじめたのである。

「うッ」と武将の一人が腹を押さえた。馬の向きを変えて、脇道に飛び込んでゆく。

つづいてまた一人、目を白黒させて隊列をはなれた。

「と、止まれ、止まれッ」

塗輿の中で、義元が目を剝《む》いた。

一騎や二騎ならさりげなく隊列を離れ、山中に駆け込んで用を足すことができる。別に珍しいことではない。だれもがやっている。

ところが五騎、十騎、その上、総大将の義元までが催したとなれば、進軍を止めざるを得ない。塗輿から義元を下ろし、強者《つわもの》が両脇を固めて、大将のために持参した便器と囲い幕を携え、一団となって山中へ分け入って行く。重い具足で身を固めているから、用を足すのはひと苦労だ。

悪いものでも召されたか……阿部安親は首をひねった。

がちゃがちゃ具足を鳴らし、義元は塗輿に戻る。一度、二度、三度、ようやく腹は落ちついてきたものの、歩き慣れていないので、用を足すのは至難の業《わざ》だ。

塗輿に乗り込もうとして、義元は額の汗を拭った。荒い息を吐いて前方を眺める。広々とした街道に延々と人馬の列がのびている。

「今、なんどきだ」

「そろそろ午《ひる》になりまする」

「ふむ……」

予定では、鳴海城までたどり着いたのち、休憩を取るはずだった。が、思いがけぬ珍事が出来《しゅったい》して、余計な時間がかかってしまった。こうなった以上、いっそのことこのあたりで小休止をしておいたほうがよいかもしれない……と、義元は考えた。

「安親、軍容図を持て」

安親が軍容図を広げると、義元は扇を翳《かざ》した。

「この間道を南へ下がるとどこへ出る」

「田楽狭間《でんがくはざま》でござる。その向こうが桶狭間の山麓《さんろく》で……」

「田楽狭間……ふむ、休息をとるには手頃じゃな」

安親は驚いて義元を見た。

「田楽狭間で休息をとられるおつもりで……。なれど殿、当初計画しておられた進路から、だいぶ逸《そ》れてしまいますぞ」

「よいではないか。そのまま桶狭間を抜けて大高城へ入る。遠まわりだが、なに、あわてることはない。すでに信長めの首級《しるし》、とったも同然だからの」

「さようにはござりまするが……予定通り先を急がれたほうが……」

「そうはいうが……見よ。あの者たち、泡を食って山中へ駆け込んでゆくではないか。わしの腹とてまだ心もとない。一刻《いっとき》ほど休めば、腹具合も治まろう。ついでに皆の者に昼餉《ひるげ》をとらせ……おう、そうじゃ、十の首級を肴《さかな》に、我らも祝杯を上げようぞ。安親、早速近在の者たちに遣いをやって、酒肴《しゅこう》を届けさせよ」

「ははあ」

総大将の命令は絶対である。

かくして五千の大軍は方向を変え、田楽狭間へつづく間道へ入って行くことになった。

「腹へったなあ」

「もうちっとで飯にありつけるずら」

「けどよォ、なんでまた、こんな脇道に入るんじゃろうのう」

「ま、どこへ行こうと、おらたちにゃ関係ないわさ」

足軽《あしがる》たちは何事も深くは考えない。命じられるままに歩くだけだから、いたって気楽なものである。

いざ進路を変更してみると、田楽狭間は予想以上に長細く、五千もの軍兵《ぐんぴょう》が一堂に集える場所ではなかった。義元のいる本隊が盆地で休息をとるためには、小助たちの足軽隊は盆地を通り抜けた間道に、しんがりを務める足軽隊の雑兵《ぞうひょう》たちはいまだ間道へ曲がる手前に……と、まるで蛇のような隊形になってしまう。

小助の隊は、間道から山道へ逸れたところの、樹木に囲まれた草地に腰を据えた。見上げると、山の中腹には粗末な農家が点在している。近在の農夫や僧侶《そうりょ》が、眼下の間道をせわしげに行き来するのが見えた。本隊に酒肴を運んでいるのである。足軽たちは物ほしげに酒肴を見送りつつ、腰に吊るした包みを開いて、堅い乾飯《ほしいい》を頬ばった。

小助は仲間からはなれて、ひとり草原に仰向けになっていた。食欲がない。一刻も早くいねを抱きたい、いや、あんな尻軽《しりがる》女の顔なぞ見たくない……心の中でふたつの思いが葛藤《かっとう》している。目前に迫りくる雨雲のように、鬱々《うつうつ》とした心境だった。

一方、こちらは田楽狭間の中央に陣どった本隊。

義元は上機嫌だ。日頃から飽食が習慣になっているので、腹下しが治まるや早くも酒肴に舌鼓をうっている。

「敵将の首級を肴に飲む酒は、これまた格別。前祝いじゃ。わしもひと節、謡うてみようぞ」

のんびり謡曲なんぞ謡っているのだから、いい気なものだ。

風が出てきた。談笑や陽気な歌声が、風に乗って、本隊から足軽たちの休息場所まで流れてくる。が、その祝宴のにぎわいも、小助の耳には虚《うつ》ろに響くばかり……いねへの思いに身を揉《も》み、深々とため息をついたときである。巨大な鳥が頭上に羽を広げたかのごとく、にわかに空が陰った。怪鳥の羽ばたきさながら、ばさっばさっと木々の枝葉がゆれる。

突然、滝のような雨がきた。稲妻が走る。雷鳴は山々にこだましてまるで獣の咆哮《ほうこう》だ。

「ひえェ、こいつァたまらん」

「あっちに小屋があるぞ」

「いンや、どうせ満杯で、はみ出るのがおちだ。木の下へ逃げ込むべえ」

「木の下は危ねぇよ。黒こげになるだぞ」

軍兵たちが一目散に炭焼小屋へ駆け込むのを見て、足軽たちは我先に岩陰へ身を寄せる。

「ありゃ、小助はどこずら」

「さあて、どっかに避難しとるじゃろ」

あたりは闇、雨は猛々《たけだけ》しく地面を叩《たた》き、巻き上がる雨煙が視界を遮っている。

小助は、一歩も動かなかった。容赦なく叩きつける雨と、耳をつんざく雷の中で、身じろぎもせずに座っている。

怪鳥の乱舞は、四半刻ほどつづいた。そして——。

はじまり同様、突如、終わった。

暴風雨が止むと陽が射し込んで、舞い散った木の葉や折れた枝、ぬれそぼった人馬を照らし出す。

そのときだった。轟《とどろ》きが地の底から湧き上がり、次第に大きくなった。たちまち天地をゆるがす大音響となる。だが、暴風雨の驚き醒《さ》めやらず、右往左往している軍兵の中で、この意味を理解した者が果たして何人いたか。

義元は、塗輿《ぬりごし》の中でその音を耳にした。

う。

転瞬――。

勝利の喝采《かっさい》か――。

一瞬、彼は幻に酔った。

小助も、不穏な轟きを耳にした。が、無関心な表情で、馬面《うまづら》をなで、雨滴を拭《ぬぐ》

「すわ、かかれえーッ」

大音声《だいおんじょう》が鳴り響いた。ズドーンと轟音《ごうおん》がして、黒煙が上がる。断末魔の絶叫が大気を切り裂き、幟《のぼり》が空に舞う。軍馬がはじかれたように四肢を硬直させ、将棋倒しに倒れた。暴風雨にまぎれて、密《ひそ》かに田楽狭間を見下ろす太子ケ根の丘まで進軍していた織田信長の軍勢が、義元の本隊に襲いかかったのである。田楽狭間は阿鼻叫喚《あびきょうかん》の地獄絵となった。

「織田の衆だッ」

「逃げろ、逃げろーッ」

事態を察するや、足軽たちは槍《やり》を捨てて逃げ惑った。足軽ばかりか、織田方の急襲に、本隊を守る軍兵もあっという間に総崩れ。義元の塗輿を囲んでいた軍兵は、三百が二百、二百が百、百が五十……と見る間に少なくなってゆく。

義元だけは、この期《ご》に及んでも、まだ事態を理解していなかった。田舎者の小わっぱ率いるわずか四千の織田軍が、足利《あしかが》氏の支族・由緒ある今川家の総領であり、百万石の領主でもある『海道一の弓取り』と謳《うた》われた義元に、大胆にも襲いかかってこようとは思いもよらなかったのである。

「無礼者、馬を引けーッ」

義元は、なだれ込んできた軍兵を、味方の反乱と勘ちがいした。塗輿から躍り出て、大きく采配をかざしたのが、かえって敵兵の注視を浴びる結果となった。

「義元、覚悟ッ」

服部小平太《はっとりこへいた》が義元の脇腹に槍を突きたてた。義元は左文字の太刀を抜いて、槍の柄を斬り払い、返す刀で小平太の右足を断ち切る。

そのとき、

「織田信長家臣・毛利新介《もうりしんすけ》、義元どのの御首級《みしるし》、頂戴《ちょうだい》いたす」

名乗りを挙げて義元に飛びかかった。毛利新介は熊のような大男である。しゃにむに義元を押し倒して、体の下に組み伏せると、頭上へ太刀を振りかざした。

事ここに及んで、ようやく義元は事態を悟った。かっと目の玉を剝《む》きだし、罵《ば》声《せい》を上げて、毛利の左人差し指に食らいつく。指を根元から喰《く》い千切《ちぎ》ったものの力及ばず、血だらけの唇を喘《あえ》がせ、大きく息を吐いた。その刹那《せつな》、毛利の太刀が義元の猪首《いくび》を空へ刎《は》ね上げていた。


小助はまだ、戦場の空を眺めていた。

「おい、小助、槍を捨てろ」

「なに見とるんじゃ。さ、はよ。今のうちに、山中に逃げ込め」

佐助と与八が小助の野良着を引っ張る。

「小助、はよう来いッ」

小助はこのとき、戦場の修羅に見とれていたわけではなかった。おもむろに空を指さす。

「虹《にじ》だべ……」

なるほど、戦場の真上に、虹が優艶《ゆうえん》な弧を描いていた。

「馬鹿。そげなもんに見とれとる場合かよ」

「急げ。織田の衆に見つかりゃあ、命はねえぞ」

佐助と与八は小助の腕を両側からつかみ、桶狭間の山中目指して走りだす。

二人に引きずられ、山道を駆け上りつつ、小助は首をまわして、今一度、虹を眺めた。憑《つ》きものが落ちたような、晴れやかな顔である。

いねにも見せてやりてえな——。

もう、いねの過去などどうでもよかった。夫婦が共に生きている、そのことだけがすべてである。

戦場で勝鬨《かちどき》の声が上がった。信長が義元の首を高く掲げる。

滴る血の向こうに、信長も虹を見た。

真昼の陽射しを浴び、豪雨に洗われた山々は、翠緑玉《エメラルド》を鏤《ちりば》めたようにきらめいている。小助の眸《ひとみ》同様、愛にみちた、清澄なきらめきだった。

眩《げん》惑《わく》

某日

わからねえ——。

土塚《つちづか》を両手でぴたぴた叩《たた》きながら、伍助《ごすけ》は吐息を漏らした。

数日来、豪雨が降りつづいた。今朝方ようやく雨が止んだので、藪《やぶ》を分け入ってここまでやって来た。案じた通り、塚の一部がくずれていた。

放っておいてもよかったのである。

——土に返しておくれ、あの山中の土に。

小夜《さよ》の方さまはたしかにそう言った。墓を建てよ、とは仰せにならなかった。

わかっていたはずが、気がつくとここへ来ていた。

塚は晩秋の陽射しに照り映え、陽炎《かげろう》がゆらゆらと立ち昇っているように見えた。それは伍助に、小夜の方の眸《ひとみ》を連想させた。目には見えないが、紅蓮《ぐれん》の炎が燃え立つ漆黒の眸。それはまた、その炎に巻かれ、焼き尽くされた伍助の主《あるじ》、工藤泰兼《くどうやすかね》の眼裏《まなうら》に広がる濃密な闇を想わせた。

「それにしても、わからねえ」

伍助は口に出してつぶやくと、よっこらしょと腰を上げた。このところ腰痛に悩まされている。無理もない。はっきり覚えてはいないが、少なくとも七十年近く生きているのだから。

五尺に満たない小柄な体を反らせ、伍助は節くれだった拳《こぶし》で腰を叩いた。手をこすり合わせて泥を払い、身をかがめて膝頭《ひざがしら》や脛《すね》についた泥をぬぐう。しわ深い目を細め、あらためて塚を眺めた。

己の定命《じょうみょう》はいくばくか――。

伍助が死ねば、風雨に穿《うが》たれ、塚はくずれる。平たく均《なら》され、周囲の地面に同化したそのあとに草木が生い茂り、かつてここになにがあったか、知る者はいなくなる。

それでいいと、伍助は思った。それこそが塚に眠る二人の期するところだろう。塚の下では、乾いた骨となった二人が、今なお日ごと夜ごと貪《むさぼ》るように抱き合っているはずだ。耳を澄ませると、骨と骨のきしみ合う音が聞こえるような気がした。

工藤泰兼は一介の足軽《あしがる》から身を起こし、一城の主となった。戦国の覇者であり、目ざましい武功をたてた男が、なぜ、盲目の世捨て人となったのか。その訳を知る者は伍助ただ一人。泰兼の軍勢に攻められ、炎と化した鶴瀬《つるせ》城で自害したとされる小夜の方が、この塚に眠っていることもおそらく……。

男を国盗《と》りに奔《はし》らせ、蛮勇に駆り立てるものは、必ずしも野望だけではない。女の眸に隠された魔力を侮《あなど》ってはならぬ。

頭ではわかっていても、伍助のような無骨者にはなお釈然としないものがあった。

伍助とて女を知らぬわけではない。若い頃は夜這《よば》いをした。戦場では女を犯した。遊び女《め》を抱いたこともある。だが生涯妻は持たなかった。女に惚《ほ》れたこともない。伊賀の里に生まれ落ちたその日から、伍助は草の者――素波《すっぱ》もしくは乱波《らっぱ》ともいう――として育てられた。はじめは小夜の方の父に仕え、その後、泰兼の影となった。影と化した男は何事であれ「溺《おぼ》れる」ことは許されなかった。

雲が流れた。陽射しが陰ると、塚は一転して寥々《りょうりょう》たる柩《ひつぎ》と化した。その明暗は、めまぐるしく転変する人の世のようだ。

目を瞬《しばた》かせたとき、

――いつ、いかように。

土の下から、小夜の方のたたみかけるような声が聞こえた。

爪が食い込むほどの烈しさで伍助の腕をつかみ、黒曜石《こくようせき》を思わせる艶《つや》やかな目をみはって迸《ほとばし》るように問い返してきたときのあの声だ。伍助の答えを聞くと、面《おもて》を輝かせ、頰を上気させた。そもそもが己の感情を隠すことができぬ女である。

――燃え尽きるがいい、なにもかも。

小夜の方は若い頃のままだった。烈しさも強引さも、高慢さまでも。

泰兼は再び翻弄《ほんろう》されることになった。これも昔のままに。

――なにゆえだ。

小夜の方の返答を聞くと、泰兼は伍助の胸ぐらをつかんで問いただした。憑《つ》かれたような双眸《そうぼう》に、答えいかんでは伍助の体を八つ裂きにしかねぬ殺気があった。

伍助は悟った。二十五年の歳月を経てもなお、主は小夜の方に眩惑《げんわく》されていたのだと。

深々と息を吸い込む。湿った土の匂いが鼻孔に広がった。

梢《こずえ》を見上げると、雲間に太陽が見えた。塚は再び明るい陽光に包まれている。

伍助は神妙に両手を合わせた。藪をかき分け、山道へ戻る。

いつのまにか風が出ていた。枝葉のざわめきは戦場の喧騒《けんそう》を呼び覚ます。木暗《こぐら》闇《やみ》に伍助は、折り重なって蠢《うごめ》く、あの日の男女の裸姿を見たような気がした。

三十年前

ひと目で恋に落ちたわけではなかった。

三十年前のあの日、小夜姫は一介の足軽には目もくれなかった。むろん落人《おちうど》一行の先頭に立って周囲に目を光らせる物見《ものみ》役の伍助になど、道端の石塊《いしくれ》ほどの関心も抱かなかった。泰兼の姫を見る目にも、格別な思い入れはなかった。伍助は断言できる。相手は城主の姫君だ。自分と小夜姫を結びつけて考えるほど、泰兼は身の程知らずではなかった。浮《うわ》ついたところのない、忠義一徹の若者である。

第一、状況が状況だった。

破竹の勢いで頭角をあらわした松平郷の松平清康《きよやす》が、各地に散らばる豪族たちを次々に帰服させて掌中におさめた三河の地も、天文四（一五三五）年清康が家臣の凶刃に斃《たお》れるや、戦乱の巷《ちまた》と化した。松平をはじめとする三河の豪族たちは、後ろ楯《だて》を求めて各々西の織田、東の今川に与《くみ》し、各地で戦闘をくり返していた。

小夜姫の父、八名《やな》郡矢萩《やはぎ》城主・服部《はっとり》正昭は今川派だった。先日も十里ほど隔てた富岡城へ出向き、織田壊滅の策を練るため、今川方の重臣と会見を持ったばかりである。ところが帰還早々、織田勢に夜襲をかけられた。織田方に内通した家臣が手引きをしたのだ。

討って出ようにも服部方の兵はわずか六百。一方の織田方は千五百。今朝方、落城を目前にして、正昭は燃え盛る炎の中で腹をかっさばいた。小夜姫は母と妹、つき従う郎党、足軽、侍女十余名と共に城を出て山を越え、一路、富岡城まで落ちのびようとしていた。

一行は疲労の極みにあった。その上、落ち武者狩りの影に怯《おび》え、生きた心地すらない。

「これ以上は無理にございます。せめてひとときなりと足休めをせねば」

険しい山腹にさしかかったところで、侍女の一人が進言に及んだ。十里といっても慣れぬ杣道《そまみち》。追手《おって》を避けるため大まわりをした上に、丸一日、休みなく歩きつづけてきたので足は棒のようだ。石ころにつまずき、小枝に打たれて手足も傷だらけになっている。飢えと渇きにあえぎ、おまけに熱暑に焼かれ、女たちならずとも、歩みは次第にのろくなっていた。

小夜姫の母と妹は郎党に背負われていた。二人とも口を開く気力すらないらしい。ぐったり目を閉じ、苦しげに息をついている。

指揮を任された宇治一盛《うじかずもり》は、一行にしばしの休息をとるよう命じた。四半刻《しはんとき》もすれば太陽が西の地平に沈むという時刻である。

無人の木こり小屋を見つけ、女たちは中へ入って横になった。郎党、足軽は入口付近に陣取り、思い思いに体を休める。

伍助は裏手の見張りに立った。小屋の後方は急坂で、雑木が生い茂っている。はるか下方で水の流れる音が聞こえた。

大木の枝の上から周囲を監視していると、足軽の一人が坂を下りて行くのが見えた。竹筒を何本か肩にぶら下げているのは、水を汲《く》んで来るよう命じられたためだろう。男は三郎太、のちの泰兼である。筋骨逞《たくま》しく、無口で生真面目な二十代の足軽だ。

三郎太は蔓《つる》や木の根っこ、岩につかまりながら、一歩一歩、慎重に下りて行く。表情がこわばっているのは、いつ、どこから追手が急襲してくるかわからぬからだ。生い茂った雑木や藪《やぶ》にさえぎられ、川原は見えない。そこになにが待ち受けているかも、わからなかった。

三郎太が敵兵に見つかれば、一行の命は危機にさらされる。

若造に任せてはおけぬ――。

伍助もあとについて、坂を下りはじめた。伍助は草の者、三郎太より余裕がある。下りながら、周囲に鋭い視線を走らせる。

その伍助が「あッ」と息を呑《の》んだのは、木の間から小川のせせらぎが見えてきたときだった。伍助の目が、背後の人影をとらえた。

伍助は驚きのあまり、思わず足をすべらせた。小石が斜面を転がる。

その音に、三郎太も後方を見上げた。伍助を認めて安堵《あんど》の表情を浮かべた三郎太は、さらに上方へ目を向けたとたん、息を呑んだ。

どうやって小屋を抜け出したのか、小夜姫がたった一人、小袖《こそで》の裾《すそ》をからげ、おぼつかない足取りで斜面を下ってくる。唇をきゅっと引き結び、足元を見つめて一歩また一歩と足を運ぶさまは真剣そのもの。とはいえ、怯えはまるでない。まだあどけなさの残る顔に、一旦《いったん》こうと決めたらあとに退《ひ》かない強い意志が貼りついていた。

そういえば、母や妹とちがい、小夜姫はここまで自力で歩き通した。十五の娘ながらあっぱれである。だが感嘆する一方で、伍助は苛立《いらだ》ちを覚えた。

いくらなんでも無謀すぎる――。

伍助のような下っぱの家来には、奥御殿に暮らす姫君と顔を合わせる機会はめったになかった。が、所詮《しょせん》は小さな山城である。ごくたまに姿を垣間《かいま》見ることはあったし、噂もしばしば耳にした。

小夜姫は、人目をひく美貌《びぼう》だった。ただ美しいというだけではない。黒目がちの双眸に燃え立つ炎がある。人の心をとらえ、燃やし尽くそうとするような烈しい炎だ。

噂のほうはだが、必ずしも芳しいとはいえなかった。わがままで身勝手な上に傲岸不遜《ごうがんふそん》、お天気屋でとらえどころがないというのが、そばに仕える者たちの総意らしい。いずれにせよ、諫《いさ》めて聞くような相手ではなさそうだ。

伍助は舌打ちした。三郎太に向かって、首を横に振って見せる。顎《あご》を突きだして、そのまま先を急ぐようながした。どこに伏兵が潜んでいるかわからない。声をかけ合うのは危険だ。

幸い、川原に敵兵の姿はなかった。

三郎太、伍助の順に川原へ下り立つ。つづいて小夜姫が下りようとすると、三郎太は姫に駆け寄り、手を差し伸べた。

「隊から離れてはなりませぬ」

声をひそめていう。

小夜姫は三郎太の口調に非難の響きを嗅《か》ぎとった。差し出された手を邪険に振り払い、つんと顎を反らせる。

「喉《のど》が渇いて我慢がならぬ」

甲ばしった声で言うと、くるりと背を向け、川岸へ向かって歩きはじめた。

伍助と三郎太は凍りついたように、あたりを見まわした。

「たわけめがッ」

伍助は吐き捨てるようにつぶやく。

三郎太は早くも姫のあとを追いかけていた。伍助もやむなく二人のあとにつづく。

姫は川岸から身を乗りだして、山里の女たちがするように両手で水をすくい、貪《むさぼ》り飲んでいた。ほどけた黒髪が簾《すだれ》のように体をおおい、白い二の腕がむきだしになっている。乱れた裾から血のにじんだくるぶしがのぞいていた。しゃがみこんでいるために丸みを帯びた腰の線が際立ち、水を飲むたびに上下する細い喉首がなまめかしい。

伍助は目を逸《そ》らせた。草の者にとって、女はふたつの種類しかない。尊崇に値する高貴な女と、欲望を満たすための女だ。小夜姫は当然ながら前者に属する。たとえ目であっても、淫《いん》するわけにはいかなかった。

川原に背を向け、周囲に視線を走らせる。伍助はこの間、三郎太がどのような顔で小夜姫を見守っていたかわからずじまいだった。

「先に行ってくれ。竹筒に水を汲んでゆく」

しばらくして三郎太の押し殺した声がした。

振り向くと、小夜姫がこちらを見ていた。唇がぬれている。双眸《そうぼう》には渇望を満たしたあとの艶《なま》めいた光があった。無防備な美しさである。

三郎太を川岸に残し、伍助と小夜姫は坂を登りはじめた。と、そのときだった。崖《がけ》の上でざわめきが聞こえた。入り乱れた足音、具足《ぐそく》の鳴る音、刀を合わせる音、断末魔の呻《うめ》き——追手に見つかったらしい。戦闘がはじまったのだ。

伍助は地団駄《じだんだ》を踏んだ。三郎太も太刀の鍔《つば》に手をかけてこちらへ駆けて来る。

「姫を頼む」

三郎太は伍助に向かってささやき、坂を駆け上がろうとした。半ばまで行かないうちに女たちの絶叫が響き渡った。

伍助は姫を木立の茂みに押し込み、三郎太を追いかけた。腕をつかんで引き留める。

二人は目を合わせた。

女の絶叫がなにを意味するのか。刀を合わせる音が聞こえなくなったのはなぜか。数々の修羅をくぐりぬけてきた二人には、口に出すまでもなくわかっていた。

女づれの落人《おちうど》一行である。兵力が乏しい上に、疲労困憊《こんぱい》している。おまけに休息中を急襲されたのだ。今さら駆けつけても、もはや手遅れにちがいない。

三郎太は悲壮な顔で崖を見上げた。

「動かぬほうがいい」伍助は姫を隠した茂みに目を向けた。「偵察はわしの仕事だ。戻らぬときは姫お一人だけでも……」

三郎太はうなずいた。坂を下りるのを見届け、伍助は慎重に小屋へ近づいた。

宵闇が迫り、物音や高笑いが完全に消えるまで、崖っぷちの大岩の陰に身をひそめる。足音が遠ざかって行くのをたしかめ、おもむろに身を起こして小屋の表へまわり込んだ。

血臭が鼻をついた。足元に転がる死体にうっかりつまずき、転びそうになった。

伍助は闇夜でも目が見える。今宵《こよい》は月夜だ。無残に斬り苛《さいな》まれた死体がだれのものか、ひとつひとつ確認してゆく作業は難なく済んだ。いずれの死体からも太刀や槍《やり》、携帯品の類《たぐい》が盗まれ、なかには首のない骸《むくろ》もある。

臓腑《ぞうふ》を踏みつけぬように小屋へ近づく。小屋の中へ一歩足を踏み入れたとたん総毛立った。同様の光景は何度となく目にしている。それどころか、伍助自身、加害者の仲間に加わったこともあったが、身内の女たちの惨状にはさすがに胸を衝《つ》かれた。

女たちの骸は裸に剝《む》かれ、一列に並べられていた。腹を斬り裂かれた者、胸をえぐられた者、自ら喉を突いたと思われる者もあったが、いずれも不自然に開いた股《また》の間に血がこびりついていた。小屋の中は血臭だけでなく、凌辱《りょうじょく》のあとの異臭に満ちている。生あるうちだけでなく、骸となってからも、何度となく犯されたのだろう。

坂を下ってゆくと、小夜姫が木立の陰から飛び出して来た。棒立ちになっている。

武将の娘なら小屋でなにがあったかわかったはずだが、「母さまは？」とも「妹は？」とも訊《き》かなかった。目を大きく見ひらき、黙って伍助の顔を見上げている。その眸《ひとみ》に涙はなく、めらめらと炎が立ち昇っているように見えた。

「姫さま。先を急ぎましょう」

背後を守っていた三郎太が、押し殺した声でうながした。伍助にも合図をする。姫は二人を黙殺した。だが異を唱えはしなかった。伍助が川原の道を歩きはじめると、姫も前方の闇を見据え、歩を進めた。殿《しんがり》に三郎太がつづく。

母や妹に別れを告げたいといい出すのではないかと伍助は案じたが、姫は二人を困らせるような言葉はいっさい口にしなかった。背後を振り返ろうともしなかった。

伍助は姫の気丈さに舌を巻き、同時に畏怖《いふ》の念を抱いた。


一行は黙々と歩きつづけた。

月光が川原の道を仄白《ほのじろ》く照らしている。川は蛇のようにうねっていた。鳥か獣か、枝葉をゆらす音が聞こえるたびに、三人は思い合わせたように足を止める。どれほど歩いたか。浅瀬を越え、対岸へ渡ろうとしたときだった。

小夜姫がよろめいた。苔《こけ》むした石に足をすべらせたらしい。水音に驚き、伍助が振り向いたときは、三郎太がいち早く姫の体を抱き留めていた。

姫は三郎太の手を振り払おうとした。が、振り払うのを止め、三郎太の顔を見上げた。姫がまともに足軽《あしがる》の顔を見たのは、このときがはじめてだった。

三郎太はなにもいわなかった。姫の体が川に攫《さら》われてしまうのではないかと案ずるように、そっと、注意深く、手を放した。

伍助は視線を戻した。一行は再び川を渡りはじめる。

追手《おって》が近くにいることはまちがいない。もとの道へ戻るのは危険だ。目指す富岡城からは遠ざかるが、山深く分け入り、しばらく身をひそめていたほうがよさそうである。川の対岸は山また山、逃げ込むにはうってつけだ。

三人は助け合って崖をよじ登った。三郎太が差し出した手に、小夜姫がしがみつく。

追手に見つかるのを恐れ、一行は明け方近くまで歩き通した。

小夜姫は忍耐強かった。伍助や三郎太が背負おうとしても頑《かたくな》に拒み、ひと言たりと音を上げなかった。

「これ以上は無理だ。少し寝ておくほうがいい」

山深い森に足を踏み入れ、ようやくひと息ついたところで、三郎太が言った。

さすがに疲労困憊の体《てい》で、しきりに生あくびをしている。

「見張りをしていましょう。安心してお休みくだされ」

伍助は二、三日寝なくても平気だ。大木の根元の窪地《くぼち》へ草を敷き、小夜姫を寝かせた。少し離れて三郎太も横になる。

二人はたちどころに寝息をたてはじめた。

獣避《けものよ》けに火を焚《た》きたかったが、追手に見つかる危険がある。伍助はまんじりともせずに夜明けを待ち、空が白みはじめると同時に腰を上げた。周囲の偵察に出向く。

あたりに追手の姿はなかった。当初の道を大きく逸れている。里人も足を踏み入れないような深い山中に迷い込んでしまったらしい。身をひそめるにはもってこいだが、それにはそれなりの覚悟が必要だった。

姫さまに耐えられようか——。

腰にくくりつけた乾飯《ほしいい》は残り少ない。とりあえず食糧を調達しなければならない。

伍助は石礫《いしつぶて》で鳥を撃ち落とし、草を摘んだ。山中で鳥を撃ち、獣を捕るなど朝飯前。食用にできる草の見分け方も熟知している。

食糧を手に大木のそばまで戻った伍助は、はっと足を止めた。

小夜姫はまだ眠っていた。三郎太はすでに目を覚まし、火を熾《おこ》している。小枝で火をつつきながら、一心に姫の寝顔を見つめていた。

なんということもないその光景の、いったいどこに、伍助の足を止めさせるものがあったのか。伍助自身にも上手《うま》く説明はつかなかった。

だが、草の者の研ぎ澄まされた五感は、ほんの一瞬、幻をとらえていた。

それは、「熱気」あるいは「妖気《ようき》」とでもいうべきものである。まさに今、その場所で生まれ、未来永劫《えいごう》につながるもの——伍助はそこに来るべき日の土塚《つちづか》を見たのだった。


「吸って」

小夜姫は命じた。苔《こけ》むした岩によりかかり、右足を投げ出している。

三郎太は姫の正面に膝《ひざ》をつき、両手で踵《かかと》を抱え上げた。親指の下のふくらみに唇をつけ、恐る恐る吸い立てた。

小袖《こそで》の裾《すそ》が乱れ、三郎太の視線が姫の裾の、奥のまた奥へ吸い込まれたことに気づいているのかいないのか、姫は目元をほんのり赤らめ、顎《あご》をわずかに上向けている。

伍助は四、五間離れた場所であぐらをかき、二人の姿を眺めていた。

草の者は人の感情を持たぬと思っているのだろう。いや、互いのことしか目に入らぬのか。姫も三郎太も、伍助には目もくれなかった。

小夜姫はかすかに眉《まゆ》をよせ、吐息をもらした。

「もっと……強く」

いつもの高飛車な口調だが、そこには伍助の耳をそばだてる響きがある。

三郎太は足の裏に唇をつけたまま、片手をずらし、姫のふくらはぎを撫《な》でた。裾がまくれて両端が地面に落ち、姫の足は膝から下がむきだしになった。

伍助は視線を逸《そ》らせた。腋《わき》の下に汗がにじみ、こめかみがひくついている。

と、そのときだった。

「抜けました」

三郎太の声がした。

伍助は目を上げた。三郎太が姫の手のひらに針桐《はりぎり》の刺《とげ》をのせるのが見えた。

山の夜は真夏でも涼しい。が、日中はうだるように暑かった。

着替えがないので、三人は汗まみれ泥まみれである。伍助の運んでくる水で顔を洗い、体を拭《ふ》き清めても、着物そのものが汗をしみ込み、すえた臭いを発散している。

「わらわも水浴びがしたい」

小夜姫にせがまれ、伍助は二人を沢へ案内した。ねぐらとしている場所から四《し》半刻《はんとき》ほど険しい道を登ったところに、水の湧き出る沢がある。

喉《のど》をうるおし、顔や手足を洗い、ひとしきり水とたわむれたあと、姫はするすると小袖を脱いだ。

「これを」

伍助に手渡す。

緋色《ひいろ》の腰巻き姿になって、姫は水辺に足を踏み入れた。

伍助は呆然《ぼうぜん》と裸身を眺めた。

透き通るように白い肌が陽射しを浴びて輝いている。誇らしげにゆれる形のよい乳房。雪の庭で見つけた南天の実のように、つんと立った紅の乳首。華奢《きゃしゃ》ななじ。なめらかな肩の線。細くくびれた胴。

姫は腰巻きに手をかけ、三郎太に目を向けた。

「なにを突っ立っておるのじゃ。早うわらわを洗うて」

いい終わらぬうちに、はらりと腰巻きを落とす。

伍助は姫の小袖を洗いながら、目の隅で、三郎太が憑《つ》かれたように歩み寄り、水の中に跪《ひざまず》いて姫の体にふれるのを見た。無骨な手で水をすくってかけながら、乳房を、脇腹を、太股《ふともも》をこすってゆく。育ちきらない少年のようで、そのくせまぎれもない女の丸みを帯びた尻《しり》に三郎太の指がふれると、姫はぴくりと体をふるわせた。

伍助は小袖を踏む足に力を込めた。

水浴を終えると、小夜姫は素裸のまま岩場に仰向けになった。艶《つや》を取り戻した黒髪が扇のように岩の上に広がっている。

三郎太は岩下にうずくまっていた。魂を抜き取られたように、姫の裸身を眺めている。

「ここへ」

伍助は小夜姫のくぐもった声を聞いた。

三郎太は岩の上へ這《は》い上がり、いとしげに姫の髪をなでた。姫の眸《ひとみ》が燃え立ち、指が三郎太の頬にふれる。

大木の枝に洗い終えた小袖と腰巻きを干し、伍助も岩の上に仰向けになった。

真夏の空は吸い込まれるように青く果てしない。

姫の眸のように奔放だった。

大岩の陰の暗がりで、二人は唇を貪《むさぼ》り合っていた。

三郎太は両腕で小夜姫の体を抱え込んでいる。一方の手で背中を、もう一方の手で頭の後ろを支えていた。

姫は両腕を三郎太の首にまわし、指で三郎太の髪をかき乱す。

腹を立てると、姫は小枝で三郎太を打つことがあった。重い石を運ばせたり、高い木に登らせたり無意味な労働を強いることもあったが、髪をかき乱すのは、それらとはちがっていた。荒っぽい仕種《しぐさ》の中に媚《こ》びがある。

二人は折り重なって、苔に覆われた窪地に倒れ込んだ。唇を合わせたまま、あわただしく互いの着物をひきはぎ、体をまさぐり合う。木漏れ陽がふたつの裸身の上で、蛍の乱舞のように飛び交っていた。

伍助は大木によりかかり、二人の息づかいを聞くともなく聞き、狂態を見るともなく眺めていた。姫の爪先が突っ張り、反り返り、小刻みにふるえ、やがてあたりはばからぬ喘《あえ》ぎが長く尾を引いて消えると、岩陰の窪地はもとの静寂に包まれた。

日に何度となく耳にする声であり、目にする光景である。

小夜姫と三郎太の交わりは日を追うごとに烈しさを増していた。姫の傲慢《ごうまん》な態度は相変わらずである。三郎太を振りまわし、ときには無理難題を押しつけて困惑させ、あからさまに虐《しいた》げることさえあった。それなのに三郎太は、嬉々《きき》として姫の命に従っている。

二人の関係は、尋常でないだけに、伍助を不安にさせた。どのような大火事も、いつかは燃え尽きる。燃え盛れば燃え盛るほどあっけなく。城が燃え落ち、集落が焼き払われたあとの惨状を、伍助はいやというほど目にしていた。

焦燥はだが、それだけではなかった。

こうしてはいられねえ――。

落城から半月。そろそろ落人《おちうど》狩りもおさまった時分である。まもなく秋風もたちはじめる。そのあとは長雨の季節だ。今のうちに動いたほうがいい。どのみち山中での越冬は不可能だった。

伍助は二人を急《せ》き立てた。が、二人は耳を貸さなかった。今や、互いの他にはなにも目に入らぬらしい。

こうなったら富岡城へ行き、迎えを呼んで来るしかあるまい――。

交合のあとの余韻にひたる二人を横目で眺めながら、伍助は草を嚙《か》む。

噛んだ草を、苦い唾《つば》と共に吐き捨てた。

終焉《しゅうえん》はあっけなく訪れた。

小夜姫は落人狩りの武者に捕らえられた。

三人は知らなかったが、山奥にひそんでいる間に、状況は一変していた。急報を聞いた小夜姫の叔父《おじ》、今川方の菅原大膳《すがわらだいぜん》が矢萩城へ駆けつけ、敵兵を追い落として兄の無念を晴らしたのである。

昨日の追手は今日の落人となった。小夜姫の母や妹、供の者たちの血を吸い込んで乾く間すらない山野を、今度は一行を惨殺した軍兵《ぐんぴょう》の血が赤く染める。

落人狩りの武者は敵方ではなかった。菅原家の郎党だった。

小夜姫は抗《あらが》いもせず、逃げも隠れもせず、三郎太や伍助と引き離されたときも、動揺の色を見せなかった。幼い頃から戦乱の渦中で育っている。何事にも動じないのは、姫の天与の才であるらしい。

「これよりはわしを父と思え」

大膳は小夜姫を歓待した。居城へ連れ帰り、下へも置かぬ扱いをした。むろん、腹積もりあってのことである。娘は多いほうがいい。他家と血縁を結ぶ際、役に立つ。ことに小夜姫ほどの美貌《びぼう》の娘なら、いかようにも使い道があった。

「よう姫を守りぬいた」

三郎太と伍助も報奨を得た。三郎太は名刀、伍助は米と布である。

「家臣に取り立てよう」

大膳は申し出たが、三郎太は一蹴《いっしゅう》した。

「ついて来い」

当然のように命じる。三郎太は足軽だ。大膳に仕えるほうがはるかに分がいいのはわかっていたが、伍助は迷わず従った。

山を下りてから、二人は小夜姫に逢《あ》わなかった。姫自身が拒否したのか、それとも周囲の者たちが邪魔だてしたのか、

「姫さまは逢いとうないと仰せじゃ」

言伝《ことづ》てがあっただけである。

出立の朝、姫に別れを告げたいと申し出ると、姫に代わって、側仕えの女がくだされものを持ってあらわれた。逃亡中、姫が身につけていた小袖《こそで》である。

三郎太は、色あせ、すりきれた小袖を押しいただいた。顔を上げたとき、その目に決然とした色があった。

「行くぞ」

伍助をうながす。後ろは振り向かなかった。

伍助は釈然としない思いで、三郎太のあとに従った。

自分は草の者でよかったと、伍助は思った。なまじ情愛などないほうが、この世は生き易い。一旦《いったん》手にしたものをむざむざと失うくらいなら、はじめから持たぬほうがましである。

三郎太は以後、伍助の前で一度も姫の名を口にしなかった。だが伍助は、草の者の本領を発揮して、小夜姫の動向を追いつづけた。

小夜姫は二年後の十七歳の春、三河の豪族の一人、内藤久景《ひさかげ》のもとに嫁いだ。久景が戦乱で死んだのちは、同じく今川方の武将、高木勝政《かつまさ》の側室となった。この男は小夜姫より二十年上だった。豪胆で狡知《こうち》に長《た》けている。味方も多いが敵も多い。二六時中、陰謀術策を練り上げているような男だ。病死した先妻との間に三人子がおり、側室も数人いて、それぞれに子を生《な》していた。

小夜姫は二度懐胎した。が、一人は死産、一人は夭折《ようせつ》した。その後の風評は途絶えがちだったが、姫の周辺では、勝政は姫を得てのち他の女たちに見向きもしなくなり、姫の恣《ほしいまま》に戦闘と略奪をくり返しているとの噂がささやかれていた。

この間、三郎太はどうしていたか。

合戦をしていた。

織田方の先兵となり、十余年の歳月を要して己の兵を率いる武将に成り上がった。その後もひたすら合戦に明け暮れた。容赦なく攻め、奪い、勝利の旗を翻す。ひとつの戦が終わると次の戦を仕掛け、その戦が終わると、またもや次の戦に奔《はし》る。三郎太は泰兼と名を変え、今や戦の猛者《もさ》、戦場の悪鬼としてその名をとどろかせていた。

矢萩落城から二十五年の歳月が流れた。

泰兼は四十八、小夜姫も四十になっている。

伍助も老いた。うだるような夏の思い出は記憶のかなたに押しやられ、茫洋《ぼうよう》とかすんでいた。もはや思い出すことはない。泰兼にしても同じだろうと思っていたのだったが……。

ある夜、伍助は泰兼に呼ばれた。

「鶴瀬城に戦を仕掛ける」

泰兼は伍助の目を見ていった。鶴瀬城は高木勝政の居城である。

「小夜の方さまに伝えよ。長う待たせたが、迎えに参ると」

伍助は息を呑《の》んだ。

それでは、この気が遠くなるように長い歳月、泰兼はなおも小夜姫に恋い焦がれていたというのだろうか――。

伍助は胸の昂《たかぶ》りを抑え、主《あるじ》の居室をあとにした。


鶴瀬城の奥御殿へ忍び込むのは、思ったよりたやすかった。厳《いか》めしいわりに警備が手ぬるい。小夜の方の寝所も難なく見つかった。予想通り、田舎城にしては豪奢《ごうしゃ》な家具調度に埋めつくされた部屋である。

侍女が出てゆくのを待って、伍助は寝所へ忍び入った。

間近で見ると、小夜の方の顔には、歳月の爪跡がくっきりと刻まれていた。肌は光彩を失い、目尻《めじり》には小じわがある。まぶたがくぼみ、唇は色あせ、白髪こそないものの、たわわな髪にもかつての輝きはなかった。

が、漆黒の眸《ひとみ》は健在だった。炎がゆらめいている。それは今なお見る者の心をとらえ、強い力で、深奥に引き込もうとしているように見えた。

小夜の方は伍助の顔を忘れていた。三郎太の名も覚えてはいなかった。

だが――。

「矢萩落城の折り、共に落ち延びた……」

そのひと言を聞くと、手にしていた鏡を取り落とした。

小夜の方の顔は、一瞬にして変貌《へんぼう》した。二十五年の歳月が吹き飛ぶと、そこには、あの夏の日の光り輝くばかりの小夜姫がいた。

「主はお迎えしたいと申しております。いらして、くだされましょうな」

伍助が訊《たず》ねると、小夜の方はつづけざまに二度三度、うなずいた。新しい玩具をもらった子供が使い古しの玩具を投げ出すようなたやすさで、城も夫も、ここでの暮らしをも、惜しげもなく捨て去ろうというのである。それはいかにも、小夜姫らしい潔さだった。

「ただお迎えに参るのではありませぬ。戦乱と、なりましょう」

「戦乱？　この城を攻めるのか」

「御意《ぎょい》」

小夜の方の眸がぬれたように輝いた。紅蓮《ぐれん》の炎がめらめらと燃え立つ。すっと手を伸ばして伍助の腕をとらえると、小夜の方は爪を食い込ませ、かすれた声で訊ねた。

「いつ？」

「明後日」

「いかように、わらわは城を出るのじゃ」

「わたくしめがお迎えに上がります」

小夜の方は、このときはじめて人を見る目で伍助を見た。

「落ち延びよ、と申すか。おまえがその手引きをすると……」

「さようにございます」

小夜の方ははじけるような笑い声を上げた。

「おもしろい。退屈しておったところじゃ」

「未練は、ございませぬか」

「ない。強い者が奪う。他になにがあるのじゃ」

燃え尽きるがいい、なにもかも——姫は平然と言い放った。

伍助は背中にくくりつけた布包みを開き、色あせた小袖《こそで》を取り出した。

「これをお召しになって落ちのびられますように、と、我が主が……」

三郎太が何度となく脱がせては着せた小袖だ。伍助が足で踏んで洗った小袖だ。

小夜の方は首をかしげた。凝視したまま、思案している。

「あの頃の姫さまに、ぜひともお逢いしたいと」

なにげなく付け加えると、小夜の方ははじかれたように顔を上げた。その顔が見る見る四十女の顔に戻ってゆく。

沈黙が流れた。

「気が変わった。わらわは参らぬ」

小夜の方はきっぱりといった。

伍助は動転した。

「お気に召さぬのであれば、この小袖はお召しにならずともよろしゅうございます」

「行かぬ。さよう伝えよ」

取りつく島がない。

伍助には、小夜の方が一瞬のうちに変心した訳が理解できなかった。一旦は子供のように喜んで同意しておきながら、なにゆえ心を閉ざしてしまったのか。なにが気に障ったのか。

だが主の二十五年の悲願を思えば、このまま引き退《さ》がるわけにはいかない。

「ともあれ、落ち延びてくだされ」

「いやじゃ。逢いとうない」

「さすれば逢わずともよろしゅうござる。わたくしめがお匿《かくま》いいたします」

伍助は言葉を尽くし、頭をすりつけて懇願した。まずは戦火から救い出すことが第一である。

「逢えというたら、その場で自害する。それでもよいのじゃな」

小夜の方ならやりかねなかった。伍助はしぶしぶうなずいた。

「無理強いはせぬと誓いましょう」

どうにか同意を取りつけ、伍助は夜陰に忍び出た。

二日後の未明、泰兼の軍勢は鶴瀬城を攻撃した。火矢をかけ、あらかじめひそませておいた伏兵の手引きで門を打ち破り、怒濤《どとう》のごとく城内へなだれ込む。

小夜の方は伍助に助け出された。

二十五年前のあの日が、よみがえったのである。小夜の方はだが、待ちわびる泰兼の陣へは姿を見せなかった。伍助も同様である。

伍助は小夜の方を伊賀の地へ落とし、縁者の家へ匿った。伍助が主の前へ参上したのは泰兼が敵将を討ち取り、鶴瀬城へ入城したあとだった。

「小夜の方さまは、殿にはお逢《あ》いになりとうないそうにございます」

伍助の話を聞いたときの泰兼の怒りと落胆は、目をおおうばかりだった。

泰兼はあきらめなかった。何度か文が行き交った。訳がわからぬままに、伍助は二人の間を右往左往したものの、小夜の方の決意は変わらなかった。

「そうまで殿をお嫌いなされるか」

「嫌いではない」

「なればなにゆえ……」

「嫌いでないゆえ逢わぬのじゃ」

「と、いわれますと」

実りのない攻防が半年余りもつづいたのち、小夜の方は本音を漏らした。

「あの頃のわらわに逢いたいというた」

「それが、なにゆえいけませぬのか」

「わらわは昔のわらわではない」

「それは殿とてご同様」

「わらわは女子《おなご》じゃ。一点の非も見せとうない。三郎太には、わらわが欲しくば盲《めし》いて見せよと、さよう伝えよ。さすればあの頃に戻れる」

伍助はあきれかえった。

小夜の方は昔と変わっていなかった。あの頃も難題を突きつけて三郎太を困らせた。それが二人の前戯であり、痴戯でもあったのだ。

だが泰兼はもはや一介の足軽ではなかった。三郎太ではない。押しも押されもせぬ武将である。

さぞや苦い顔をなされよう――。

伍助は小夜の方の言葉を、そのまま泰兼に伝えた。

泰兼は思案にくれているようだった。

「相わかった」

うなずいたとき、泰兼の目に狂気と見まごう光が流れた。

つづいて、予想もしないことが起こった。泰兼は短刀を取り上げ、伍助に放り投げたのである。

「切り裂け」

「は？」

伍助は目をみはった。

「なんと、仰せで」

「余の目を切り裂け」

「め、めっそうもない」

「おまえは草の者。造作もなかろう」

「さようなことは断じてできませぬ」

「なれば、頼まぬ」

泰兼の動きは素早かった。止める間もなく己の手で双眸《そうぼう》を左右に切り裂いた。

血が噴き上げ、泰兼の視界は失われた。

「小夜の方さまのいわれる通りだ。見えるものは変わるが、見えぬものは変わらぬ」

苦悶《くもん》の中で泰兼がつぶやいた言葉は、伍助には、魔に魅入られた者の戯言《たわごと》としか聞こえなかった。

恋の顚末《てんまつ》を見届けたのは伍助である。

泰兼は城を棄てた。二人は伍助を連れ、山麓《さんろく》に移り住んだ。

小夜の方は、自分のために光を失った泰兼を見ても、眉《まゆ》ひとつ動かさなかった。傲慢《ごうまん》に高飛車に、ときには飼い猫か飼い犬のごとく、泰兼に接した。

そのくせ、二十五年の歳月を経て結ばれた夫婦は、この上なくむつまじかった。空白の歳月を取り戻そうとでもいうように、夜ごと烈しく求め合った。

伍助は、小夜の方が娘のような声で笑うのを耳にした。泰兼が愛《いと》しげに小夜の方の髪を撫《な》でるのを見た。それは、追い詰められ、食うもの着るものもなく身を寄せ合って暮らしたあの頃と寸分ちがわなかった。

泰兼が病死したのは、山里へ移り住んで四年後のことである。あとを追うように小夜の方も没した。

伍助は思い出の地に骨を埋め、土塚《つちづか》を作った。

わからねえ——。

こんなにも易々と、歳月すら飛び越えて人を虜《とりこ》にするものがこの世にあろうとは、いまだに信じられない。これほどまでに人を狂わせるものがあったとは……。

わからないのは、自分が草の者だからか。人の情に疎いからか。

たった今、戦場の喧騒《けんそう》と聞いたのは枝葉のざわめき、木の下闇でうごめく裸姿は、よく見れば梢《こずえ》から漏れる陽光のゆらめきだった。

風が唸《うな》っている。

陽が陰ってきた。

山の天候は変わりやすい。

伍助はしょぼついた目を瞬《しばた》かせると、急ぎ足で、山麓の茅屋《ぼうおく》へ帰って行った。

あとがき

本書に収めた六篇は、いずれも十年近く前、小説を書き始めたばかりの頃に発表した短篇です。昔の作品は読むだけで気恥ずかしい……というのに、こうして文庫にまとめ、皆様に読んでいただくなどおこがましい。初めは迷いました。が、角川書店の山根隆徳さんの熱心な勧めもあって、ともかくもう一度、熟読してみることにしました。

六篇の中には、あざやかに記憶に刻まれているものも、正直なところ、あれ、こんなのあったかしらと驚くものもありました。それでも読み進めるうちに、書いていた頃の状況がまざまざと浮かんできて、一篇一篇へこめた思いがよみがえってきました。

小説は生き物です。たとえフィクションであっても、その時々の作者の考えや感情が必ずどこかに潜んでいます。そのことに、今さらながら感慨を覚えました。

私は現在、『お鳥見女房』や『あくじゃれ瓢六』のような人情物や捕物帖のシリーズ、『美女いくさ』や『奸婦にあらず』のような戦国や幕末の歴史物のほか、平安朝から昭和まで、大河ドラマありミステリーありと、心おもむくままに小説を書いています。それぞれ真剣に取り組んでいるのはむろんですが、本書の短篇を読み返してみると、書くことに対する切実な思いが直球で伝わってきて、我ながらはっとさせられました。「青く拙く」もある切実さは、一方で、私の小説の原点でもあるような気がします。

昔の短篇のアンソロジーとしては、先に『恋縫』と『おんな泉岳寺』という二冊の文庫（共に集英社文庫）が刊行されました。本書は両文庫に収めなかった初期の短篇、未刊の短篇を集めたものです。

今回、六篇を並べてみて驚きました。異なる雑誌や小説誌に掲載したものですから、共通のテーマはありません。それなのに六篇すべてが「夫婦」――もう少し詳しく言えば「夫婦（男女）の心のゆらぎ」を見つめた短篇だったからです。この六篇を書いていた当時、私の関心がそこに集約されていた、ということでしょう。

プライベートな話になってしまいますが、私は小説を書き始めたのが遅く、三十代の終わりでした。勤めていた会社を辞め、離婚もして、確固たるものがなにひとつなくなってしまったとき、突然――それこそ憑《つ》きものが憑いたように――小説が書きたくなったのです。とりわけ離婚は、私の人生にとって大きな出来事でした。愛することと憎むこと、というより好悪に分けられない複雑な人間の感情、無情な時の流れ、なによりも変わってゆく人の心、そして癒《いや》されることのない胸の痛み……様々に思い悩み、七転八倒した日々を、私はあっさり忘れてしまえたと思っていました。

でも、そうではなかったのです。心の奥底に封印したはずのものが、本書の随所に顔を出しています。夫（妻）への疑惑、罪悪感、善悪も理性も超えた恋、許しと労《いたわ》り……六つの短篇を通して、あがきつつも試行錯誤していた自分の姿をあらためて見つめなおすことができました。

ではここで、一篇ずつ、駆け足で紹介してゆきます。

まずは「江戸《えど》褄《づま》の女」（「週刊小説」一九九九年二月十九日号）から。これは小説誌でスタートした連作の一篇です。歴史的な因縁のある小袖《こそで》を狂言回しとして、その転変をたどりながら、疑心暗鬼にとらわれ、不運に見舞われてしまう男女の複雑な心の襞《ひだ》を描いてゆく……というのがそもそもの意図でした。もうひとつ「佃《つくだ》心中」（「週刊小説」二〇〇〇年六月九日号）もこのシリーズの第二話で、前者は夫に疑惑を抱く妻の焦燥、後者は各々秘密を抱えた夫婦の悲劇。このあともシリーズはつづくはずでしたが、わずか二話で終了してしまいました。

「江戸褄の女」は原作のまま、「佃心中」も小袖の記述以外は原作のままです。

私の長篇の中には、文庫に収録する際、結末を一変させてしまったものがあります。実は「佃心中」もずいぶん悩みました。できればハッピーエンドにしたかったのです。ところが主人公の夫婦は、どうしても言うことを聞いてくれませんでした。縺《もつ》れてしまった夫婦が愛を取り戻す場所は彼岸しかありえない……とでもいうように、強引に死を選んでしまったのです。私はやむなく受け入れました。原作どおり、二人を旅立たせてやることにしたのです。

次に「猫」（「季刊歴史ピープル」一九九八年七月盛夏特別号、原題「妻敵討」）ですが、これは私が初めて書いた、なつかしい短篇小説です。掲載時は悲劇的な結末でしたが、文庫ではかすかな光明を感じさせる終わりに書きかえました。罪を犯した妻が、この先、病身の夫との関係にどう充足を見つけ出してゆくか……それは、これからの課題にしたいと思います。

六篇の中に同誌に掲載された短篇がもうひとつあります。「虹《にじ》」（「季刊歴史ピープル」一九九八年四月陽春特別号）です。これは歴史物ですが、彼《か》の有名な桶狭間《おけはざま》合戦の史実を書こうとしたわけではありません。思いもよらぬ些細《ささい》な出来事が歴史を動かしてしまう皮肉、そして、その原動力となるものが素朴な人の感情であるという滑稽《こっけい》さ。足軽の小助《こすけ》は敗戦や主君の死より女房が大切、その女房を信じるか信じないかという葛藤《かっとう》は、彼の人生最大の合戦でした。信じる者は救われる――と言いますが、余人の誹謗《ひぼう》に耳を閉ざし、ひたすら女房を愛する道を選んだ小助は、天下をとった武将にも勝る果報者かもしれません。

　時と場合によって、愛は狂気ともなります。「眩惑《げんわく》」の小夜姫《さよひめ》と泰兼《やすかね》の関係は、何年もの疎遠の時があるだけに、また血で血を洗う戦国の世であるだけに、峻厳《しゅんげん》な烈しさがあります。私はこの一篇を、伍助《ごすけ》と一緒になって、思い惑いながら書きました。

「眩惑」は、処女作の単行本『眩惑』を文庫（徳間文庫）にする際、新たに書き加えた一篇です。初めに「眩惑」というタイトルがあり、言葉の連想からストーリーが自然に立ち上がってきました。単行本に収録していた他の二篇は、現在では文庫の『恋縫』の中に入っています。私の経歴に「デビュー作」とある『眩惑』が今や幻の本となり、本書と『恋縫』がその名残を引き継いでいる、というわけです。

　最後に「駆け落ち」について。これは「旅行読売」という月刊誌に前後二回にわたって連載（二〇〇一年十一月号、十二月号）されました。単独の物語として書いたもので、実を言えば、書いたことも忘れていたのです。ところが読み返してみると、今の私の心境にいちばん即しているように思えました。抗《あらが》うことのできない時の流れ、駆け落ちをするほど愛し合った二人でさえ変わってしまう……若さを失った夫婦は、駆け落ち者に己の昔の姿を重ね、一瞬の華やぎを思います。つまりは、私自身がそういう感慨を覚える年齢になった、ということでしょう。

六篇をじっくり読み返したら、自《おの》ずと本のカタチが見えてきました。タイトルは迷わず『めおと』に決め、すると自然に、中一弥《なかかずや》先生の絵が目に浮かびました。まろやかな曲線と古風な筆づかい、時代小説の挿絵を数多く描いていらした先生にぜひとも装画をお願いしたい……。お引き受けいただき、ようやく安堵《あんど》の息をつきました。これまで迷子だった子供たちのために、やっと安住できる家を見つけることができたような気がして。

おかげで、本書は私にとって、たくさんの思いの詰まった貴重な文庫になりました。昔のアンソロジーではありますが、今こそ読んでいただきたい短篇集です。あわただしい日常の中、夫婦、ひいては男女の心の機微に、ほんのひとときでも思いをめぐらせていただければ幸せです。

諸田玲子

めおと

諸田玲子《もろたれいこ》

平成20年 12月25日　初版発行
令和7年 2月15日　9版発行

発行者●山下直久

発行●株式会社KADOKAWA
〒102-8177　東京都千代田区富士見2-13-3
電話　0570-002-301（ナビダイヤル）

角川文庫 15480

印刷所●株式会社KADOKAWA
製本所●株式会社KADOKAWA

表紙画●和田三造

ISBN978-4-04-387402-6　C0193

角川文庫発刊に際して

角川源義

第二次世界大戦の敗北は、軍事力の敗北であった以上に、私たちの若い文化力の敗退であった。私たちの文化が戦争に対して如何に無力であり、単なるあだ花に過ぎなかったかを、私たちは身を以て体験し痛感した。西洋近代文化の摂取にとって、明治以後八十年の歳月は決して短かすぎたとは言えない。にもかかわらず、近代文化の伝統を確立し、自由な批判と柔軟な良識に富む文化層として自らを形成することに私たちは失敗して来た。そしてこれは、各層への文化の普及滲透を任務とする出版人の責任でもあった。

一九四五年以来、私たちは再び振出しに戻り、第一歩から踏み出すことを余儀なくされた。これは大きな不幸ではあるが、反面、これまでの混沌・未熟・歪曲の中にあった我が国の文化に秩序と確たる基礎を齎らすためには絶好の機会でもある。角川書店は、このような祖国の文化的危機にあたり、微力をも顧みず再建の礎石たるべき抱負と決意とをもって出発したが、ここに創立以来の念願を果すべく角川文庫を発刊する。これまで刊行されたあらゆる全集叢書文庫類の長所と短所とを検討し、古今東西の不朽の典籍を、良心的編集のもとに、廉価に、そして書架にふさわしい美本として、多くのひとびとに提供しようとする。しかし私たちは徒らに百科全書的な知識のジレッタントを作ることを目的とせず、あくまで祖国の文化に秩序と再建への道を示し、この文庫を角川書店の栄ある事業として、今後永久に継続発展せしめ、学芸と教養との殿堂として大成せんことを期したい。多くの読書子の愛情ある忠言と支持とによって、この希望と抱負とを完遂せしめられんことを願う。

一九四九年五月三日